전생을 기억하는 사람들

종본 지음

우리출판사

지은이 종 본

해인사 승가대학을 나와
대구 대광명사 주지를 거쳐 1996년부터
경국사 주지로 봉직하고 있으며
현재 성북구 사암연합회 회장의 소임을
맡고 있다.

전생을 기억하는 사람들

초판1쇄 인쇄 1998년 8월 25일
초판3쇄 발행 2005년 5월 27일

지은이 · 종본스님
발행인 · 김 동 금
발행처 · 우리출판사
　　　　서울특별시 서대문구 충정로3가 1-38
등록 제9-139
전화:(02)313-5047, 5056
팩스:(02)393-9696

ISBN 89-7561-100-0 03810

값 7,000원

전생을 기억하는
사람들

서 문

　불교에서는 모든 것을 자기가 짓고 자기가 받는다고 했
다. 복도 그렇고 업도 그렇다. 그러기에 부처님께서는 과
거사를 알고 싶으면 지금 현재에서 일어나고 있는 것을 보
고, 미래사를 알고 싶으면 현재 자기가 행하고 있는 행동
을 살펴보라고 하셨다.

　삼계에 태어남은 오로지 마음으로 되는 것이다. 깨달으
면 삼계에서 벗어날 수 있게 된다. 삼계란 삼독으로 인하
여 비롯되는 것으로서 탐내는 마음이 욕계가 되고, 성내는
마음이 색계가 되며, 어리석은 마음이 무색계가 됨을 의미
한다.

　삼독이 짓는 무겁고 가벼운 업에 따라 과보를 받는 것도
여섯 가지로 나뉘게 되니 이것을 육도라고 한다. 육도를
윤회하게 되는 것은 인연과보에 따르는 것이니 해탈을 얻

으려면 먼저 악업을 짓지 말아야 할 것이다.

육도 가운데에서 인간의 몸을 받기가 어렵고, 인도에 태어났다고 해도 생사해탈을 가르치는 불법을 만나기는 더더욱 어렵다고 하였다. 어렵고 어려운 가운데 인간의 몸을 받았고, 어찌어찌 어렵게 또한 이 글을 읽게 되는 인연을 맺을 수 있게 되었다면 윤회 전생(轉生)의 법을 깨우칠 수 있는 인연을 맺었으면 하는 바람이다.

불기 2542년 늦여름에 저자 씀

전생을 기억하는 사람들

제2부 선업과 악업

전생을 기억하는 사람들

제3부 영계에서 온 통신

제4부 빙의된 혼령

제5부 무생법인을 위하여

제1부 소로 태어난 노파

전생을 기억하는 사람들

버지니아 대학의 사회심리학자인 이언 스티븐슨 박사는 연구팀을 만들어 전생이 인간이었는데 다시 환생했다고 주장하는 인도 사람들을 대상으로 윤회설을 확인하고자 하는 노력을 시도했었다.

동 연구팀은 먼저 인간이 다시 태어났다는 소문을 수소문하여 그 중에서 허위와 환상, 과대망상이나 미신 등으로 인하여 오인된 것은 제외하고 도저히 과학적으로 허위임을 증명할 수 없는 사례들만을 모아 《전생을 기억하는 20명의 아이들》 이라는 제목으로 책을 출간한 바 있다.

그 책에 실려 있는 내용 중에서 몇 가지를 여기에 소개한다.

프라카시는 남부 인도의 체타 시(市)에서 가난한 직인의 아들로 태어났다. 그는 어린 시절 곧잘 주위 사람들이 이해할 수 없는 말을 중얼거리고는 했다.

"이리로 곧장 가면 코시카탄이야. 난 지금처럼 가난한 집의 아들이 아니라 원래는 그곳의 보라나스 가(家)에서 태어났었다. 나를 코시카탄에다 데려다 줘. 그곳으로 돌아가게 해 달란 말이야!"

하루도 빼놓지 않고 그런 말을 하자 양친은 어쩔 수 없이 그 아이를 코시카탄으로 데리고 가게 되었다. 코시카탄에 도착한 프라카시는 처음에는 어리둥절하였으나 조금 지나자 모든 것이 생각나는 듯 전혀 알 턱이 없는 길을 걸어 호화로운 보라나스 가로 들어가는 것이었다.

그는 그곳에서 만난 보라나스에게 말했다.

"아버지!"

그리고는 옆에 있던 사람들에게 "자디슈 형!"이니, "수리마티 누나!"니 하는 식으로 부르는 것이었다. 그들은 생전 처음 보는 아이가 자신들의 이름을 정확히 부르자 모두 어리둥절하지 않을 수 없었다.

보라나스 씨에게는 5년 전에 천연두로 사망한 니르마르라는 아들이 있었다. 프라카시는 그때까지 간직하고 있던 니르마르의 장난감을 보자 말했다.

"아, 내 장난감들이다."

이런 일이 발생하자 양가의 부모들은 혼란에 빠지지 않을 수 없었다. 전생의 부모는 죽은 아들이 환생해서 돌아왔다고 반겼고, 현생의 부모는 그렇다고 자기 아들을 전 부모에게 줄 수는 없는 노릇이었다.

다행이랄까. 그 후 프라카시의 기억은 다시 희미해지고 보라나스 가에 대한 것을 더 이상 기억하지 못하게 되었다고 한다. 그는 현재 부모의 가업을 이어받아 그저 평범한 사람으로 조용히 살아가고 있다.

스와 란타라는 23세 된 여자는 인도 서부 차타라푸트에 있는 고교의 식물학 선생으로 일하고 있다.

그녀는 여섯 살이 되던 해의 어느 날 갑자기 이 지방에서는 단 한번도 본 적이 없는 별난 춤을 추기 시작하였다. 놀란 부친이 알아보니 그것은 그곳으로부터 2천 킬로미터 이상 떨어져 있는 뱅골 지방의 춤이었다. 그들 주위에는 뱅골인은 없었다. 각 지방의 독립성이 강한 인도에서는 오락도 각 지방마다 분리되어 있는 편이다. 더욱이 그녀는 이런 말을 종종 하고는 했다.

"나는 예전에 꼭 뱅골에 살았던 것 같아."

그러면서 그녀는 자기가 살았다던 집의 형태와 가족들에 대해 어렴풋한 기억을 떠올려 말하고는 했다. 그녀의

부친은 이상히 여겨 드디어 그녀가 열 살이 되던 해에 그
녀를 뱅골로 데리고 갔다. 그녀는 차츰 명확한 기억을 되
찾은 듯 전에 자기가 살던 집을 찾아냈다.

그곳에서 그녀는 나이 든 남자와 두 청년이 있는 것을
보자 울면서 말했다.

"이 사람들은 내 남편과 아이들이에요."

그 집 사람들은 분명 춤을 무척이나 좋아했던 부인이 있
었는데, 벌써 오래 전에 심장병으로 죽었다는 것이었다.

바사우리 시(市)에 퍼모드 샤름이라는 32세의 사업가가
있었다.

그는 어릴 적부터 카르(인도풍의 야구르트)와 목욕을 매
우 싫어했다고 한다. 더운물이나 카르를 보기만 해도 몸이
움츠러들며 공포에 떠는 것이었다. 그는 이러는 자기 자신
을 이상하다고 여겼다.

그가 17세 때 이웃 마을에서 우연히 아름다운 연상의 여
인을 만났는데 만나자마자 줄곧 그녀를 쫓아다녔다. 그러
나 그것은 연애라고 하기엔 어딘지 모르게 이상한 구석이
많았다. 그는 열심히 그녀를 보살펴 주었고 그녀의 바르지
못한 행동이나 잘못을 바로잡아 주었다.

그러던 어느 날 그는 그녀가 자기의 친딸일지도 모른다

는 생각이 문득 들었다.

그러자 갑자기 기억이 되살아나 그가 예전에 살고 있었다고 생각되는 집을 쉽게 찾아낼 수 있었다. 그 집에는 전에 그의 아내였던 노라와 사촌이었던 노인들이 있었다. 그는 모든 것을 기억해낸 것이었다.

"그렇지. 이 집에 있었을 때 나는 이상할 정도로 카르를 좋아했었어. 그것을 너무 많이 먹어서 위궤양에 걸렸던 거야. 그랬더니 민간요법이라고 하면서 뜨거운 물과 찬물 속에 번갈아 넣어져서 끝내 나는 몸부림치다 죽었지."

이와 같은 사실로 미루어 볼 때 전세의 습성과 자극이 현세까지도 내려와서 우리가 볼 수 없는 의식 속에 존재하여 때로는 알 수 없는 말과 행동으로 표현되기도 하는 것 같다.

아무튼 옳지 못한 습관을 버리고 좋지 못한 생각들을 애써 가다듬으면서 항상 바른길로 살아간다면 내세에서는 좀더 보람있게 살 수 있을 것임에 틀림이 없다.

구나나티레카는 세일론 섬의 에드나에와라는 마을에서 태어났다. 그녀는 7세쯤부터 자기는 산 저쪽의 타라와케레 마을의 티레케라토네라는 사내아이이라고 주장하기 시작했다.

"우편 배달부인 아버지는 노나라는 이름을 가지고 있었고, 어머니는 뚱뚱하고 넓적한 얼굴이었으며, 누나들도 그렇게 생겼고, 다니던 학교는……." 하는 식의 장황한 얘기에서부터 기르던 개의 털 색깔까지 말했다.

그녀의 오빠는 수년 후 그녀를 데리고 타라와케레에 갔다. 모든 사실이 정확하게 맞았다. 노나씨 집에는 분명히 티레케라토네라는 사내아이가 있었으나 8년 전 병으로 죽었다는 것이었다. 게다가 그는 사내아이면서 손톱을 물들이고 연상의 동성을 동경하곤 하는 가냘픈 소년이었다.

그녀는 타라와케레에 자기를 데려다 준 오빠에게 얼굴을 붉히며 말했다.

"저, 이곳에 와서 알았는데 오빠 나 말이야, 내가 티레케라토네였을 때 오빠를 본 일이 있어요. 삼신제 때 오빠를 보고 한눈에 반하고 말았어요. 그래서 오빠의 색시가 될 수만 있다면 죽어도 좋다고 생각했었지요. 하지만 결국 그렇게 되질 못하고 누이동생으로 태어났군요."

라비 샹카는 인도에서는 보기 드문 대학 출신의 지적인 청년이었다. 그는 8세가 되던 날 갑자기 이런 말을 했다.

"난 사실은 이발사의 아들이었어. 문나라고 해. 아버지는 프라사도이지. 아마 이 도시에 있을 거야. 그런데 난 여섯 살 때 목이 잘려 죽었어. 장소는 틴타미나 절 근처의 강변이었고, 범인은 차투리라는 놈이야. 그놈 얼굴은 아직도 기억하고 있어."

그의 말을 듣고 있던 사람들은 깜짝 놀라지 않을 수 없었다. 그의 말대로 10년 전에 틴타미나 절 근처에서 이발사 프라사도의 아들이 살해된 적이 있었던 것이다. 아직까지도 그 사건은 미궁에 빠진 채였다. 프라사도에게 이 사실이 전해졌다. 이발사는 깜짝 놀라 달려왔다.

그를 보고 라비 샹카가 말했다.

"아버지!"

라비 샹카가 말한 전생의 이야기는 모두가 프라사도에 의해 뒷받침이 되었다. 사람들은 그의 기억에 의해 차투리라는 사나이를 고소했고, 수십 킬로미터나 떨어진 도시에 있던 차투리는 체포되어 범행을 자백하기에 이르렀다. 그러나 물적 증거는 아무것도 없었다. 재판관은 하는 수 없이 그런 전생의 기억만 가지고는 죄를 인정할 수 없다고 판단하여 그만 무죄를 선고해 버리고 말았다. 그러나 차투리는 심한 죄책감을 느끼고 멀리 떠나버렸다.

전생의 기억이 현생에는 뚜렷이 기억나지 않는 것이 정상이다. 그러나 잠재 의식 속에는 남아 있어 어느 순간 자

신도 모르게 되살아날 수도 있다는 사실을 위의 이야기들
이 증명해 주고 있다.

생명은 윤회한다.

좋은 것은 더욱 좋게 하고, 나쁜 것일지라도 되도록이면
좋게 생각하여 말하며 실천해 나가는 생활을 해야만 윤회
의 고에서 벗어날 수 있다.

윤대감의 전생

고종 재위시 대원군과 민비 사이에 분쟁이 있었다는 사실은 역사가 말해 주고 있다. 당시 윤웅렬 대감은 참소를 입어 전라도 완도로 3년 동안이나 귀양을 가 있었다. 그가 귀양살이를 하고 있을 때의 일이다.

하루는 배소에 동행했던 하인이 밖에서 돌아오더니 이웃집에 점을 치는 명주가 있는데, 귀신도 곡할 만큼 족집게같이 집어낸다는 말을 떠벌리는 것이었다.

"대감마님도 심심풀이 삼아 한번 점을 쳐보십시오. 모두가 다 용하다고 하니 언제쯤이면 좋은 날이 다시 돌아오겠는지 물어보십시오."

적소에 유배되어 있던 그는 울적하고 답답했기에 미신이지만 속는 셈치고 한번 알아보는 것도 나쁘지 않으리라 여겨 그 말에 따르게 되었다.

점치는 집에 도착해 보니 명주라는 자의 몰골을 볼 수가 없었다. 윤웅렬 대감은 빈 방으로 들어가서 말했다.

"여기 점을 잘 친다는 사람이 대체 누구요?"

그러자 소위 명주라 하는 것이 보이지는 않고 말만 하는 것이었다.

"여기 있습니다."

"내가 어디 사람이고 무슨 일로 여기까지 왔는지 알고 있는가?"

"예. 영감님은 서울 사람으로 여기 귀양을 왔소이다. 별 죄가 없으니 이제 앞으로 한 보름만 있으면 풀려날 것입니다."

귀양이 곧 풀린다니 거짓말이라도 반갑지 않을 수 없었다. 그에게는 윤치호라는 이름을 가진 아들이 한 명 있었다. 윤대감은 아들의 안부가 늘 걱정이었다.

"나는 한양에 윤치호라는 아들을 두고 왔는데, 잘 있는지 궁금하구나."

"그렇다면 제가 한번 알아보겠습니다."

그 말이 끝나자 '획' 하는 바람소리가 났다. 그로부터 한참이 지난 후 되돌아오는 기척이 들렸다. 돌아온 명주가 말했다.

"영감님의 자제는 그 동안 미국이라는 나라에 가서 공부를 하고 있었습니다. 그런데 청국에서 유학온 여자와 혼약이 되어 내년 가을에는 상해에서 결혼식을 하겠고, 얼마 지나지 않으면 부자 상봉도 할 수 있게 되겠습니다."

느닷없이 아들이 미국에 가 있다니 믿기지 않는 말이었다. 진위는 나중에 알게 될 일이었다.

그는 또 궁금한 것을 물었다.

"나는 전생에 무엇을 하였더냐?"

"영감님은 전생에 함경도 땅 안변 석왕사라는 절에서 수도하던 스님이었는데 그때 중노릇을 참 잘하셨군요."

"당시의 법명이 무엇이었던고?"

"법호는 해파(海波), 승명은 여순(與淳)이라 하였습니다."

"······."

"영감님에게는 전생에 형님이 한 분 계셨습니다. 두 분이 다 출가를 했는데 영감님은 중노릇을 잘했기 때문에 오복(五福)이 구족하고 얼마 안 있으면 대감(大監) 소릴 듣게 되겠지만, 형님은 중노릇을 잘 못하였더이다. 법전(法殿)을 중수하느니 개금불사(改金佛事)를 하느니 하며 청탁을 하고 신도들의 많은 돈을 소모하고 사복을 채웠던 죄로 지옥에 들어가 죄를 받다가 이제 인도에 수생(受生)은 하였으나 가난한 보를 받아 지금 강원도 통천군(通川郡) 새술

막이라는 곳에서 술장사를 하고 있습니다. 더욱이 두 손이 조막손인데 성명은 이경운(李景雲)이라고 합니다."

그런 일이 있은 후 과연 2주일이 지나자 조정으로부터 귀양을 풀어 준다는 해배문자(解配文字)가 오는 것이었다. 그 이듬해 가을에는 미국 유학을 마친 아들이 상해에서 결혼식을 하게 되었다는 전보를 보내왔다. 곧 부자상봉이 이루어졌다. 뿐만 아니라 얼마 지나지 않아 윤웅렬은 군부대신(軍部大臣)의 지위에 오르게 되었다. 그러고 보면 명주의 말은 하나도 틀림이 없이 다 맞아 떨어진 셈이었다.

윤대감은 자기의 전생을 찾아보고 싶었다. 그는 가족 몇 명과 수행원을 데리고 승지 수양을 한다는 명목으로 석왕사를 찾아가게 되었다. 그는 산중의 승려들을 모두 모이게 한 후에 물었다.

"한 백 년 전후해서 이 절에서 수도를 했던 해파(海波) 여순(與淳)이란 스님의 행장이나 그의 권속에 대하여 아는 스님이 계십니까?"

그러나 당시의 사중에는 그의 의문을 풀어줄 스님이 아무도 없었다. 해파 여순스님의 행적을 알아내지 못한 그는 답답했다. 그는 산세나 둘러볼 요량으로 행적골 부근으로 올라가다가 내원암이라는 암자에 도착하게 되었다. 내원암 주위에는 부도가 여러 개 늘어서 있었다.

윤웅렬 대감은 사람 발길이 끊겨 무성해진 풀숲을 단장으로 헤치고 여기저기를 살펴보기 시작했다. 그러다가 한 부도탑에서 해파당여순(海波堂與淳)이라 새겨져 있는 글씨를 발견하게 되었다.

해파 여순스님이 실재했던 사람이라는 것을 확인한 윤대감은 전생의 형님이었던 분을 만나지 않을 수가 없었다. 그는 하인들에게 분부를 내렸다.

"강원도 통천군 새술막이라는 곳에 가면 술장사를 하는 이경운이라는 사람이 있을 것이다. 그 사람은 두 손이 모두 조막손이라 찾기 어렵지 않으리라고 본다. 그를 찾으면 정중히 모시고 오너라."

과연 하인들은 사람을 찾으러 떠난 지 이레가 채 못되어 이경운이라는 조막손 사내를 데리고 석왕사에 나타났다. 윤 대감은 이경운에게 그간의 사연 얘기와 전생담을 들려주었다.

그는 전생의 형님에게 돈 백 냥과 백목 열 필을 주며 말했다.

"그 돈이면 호구대책을 삼을 수 있는 논을 장만할 수 있을 것입니다. 백목은 옷을 지어 입으십시오."

나는 새도 무서워할 세도 대감이 동생을 자처하며 꿈에도 상상치 못했던 은혜를 베풀자 조막손이 이경운은 황감

하여 고개도 못 들 지경이었다. 그에게 윤대감이 말했다.

"이 모든 것이 다 부처님 은덕이니 이후로 염불을 많이 하고 그간 알게 모르게 쌓은 업장을 소멸하도록 하십시오."

이 노인은 전생의 동생이 금생 부모보다도 낫다고 하며 눈물을 흘리며 돌아갔다.

한양으로 환가하기 전에 윤대감은 석왕사 대중을 불러 놓고 자신이 전생에 복을 닦은 사람이라며 엽전 2백 냥으로 미성(微誠)을 표하는 것이니 작으나마 부처님 향촉비에 보태 써 달라는 말을 남겼다고 한다.《석왕사지(釋王寺誌)》에 수록되어 전하는 이야기이다.

소로 태어난 노파

석가모니 부처님 재세시(在世時)의 일이다.

하루는 왕사성 밖에서 괴사(怪事)가 발생했다. 태어난 지 일 년도 안 된 암송아지의 뿔에 치어 어떤 상인이 죽은 것이었다.

사람을 죽인 송아지를 기를 수는 없는 일이었다. 송아지 주인은 그 송아지를 팔아버리려고 내놓게 되었다. 그러나 누구도 선뜻 사겠다고 나서는 사람이 없었다.

그런데 한 장사꾼이 와서 싼 값으로 팔면 사겠다는 말을 하는 것이었다. 소 주인은 이때다 싶어 주는 대로 돈을 받고 팔아버렸다.

송아지를 사서 끌고 가던 장사꾼은 마침 목이 말라서 송아지를 길가에 매어 놓고 우물가로 갔다. 그가 물을 마시려는 찰나에 송아지가 갑자기 비호같이 달려와서 새로 소를 사 가던 사람마저 뿔로 받아 죽여버리고 말았다.

　그의 권속들이 그 송아지를 잡아 죽인 다음 가죽을 벗기고 사지를 잘라서 팔게 되었다. 그러나 고기를 사가는 사람은 있었으나 소머리를 사겠다는 사람은 없었다. 그런데 마침 한 상인이 지나가다가 그 소머리를 역시 헐값에 팔면 사겠다는 말을 하는 것이었다.

　소머리를 산 상인은 새끼줄로 그것을 얽어서 등에 지고 가다가 피곤하여 소머리를 나뭇가지에 걸어 놓고는 그 밑에 앉아 잠시 쉬고 있었다. 이때 나뭇가지에 묶어 놓은 새끼줄이 풀리면서 소머리가 떨어져 쉬고 있던 사람의 머리를 치니 그는 그만 뇌진탕을 일으켜 그 자리에서 즉사하고 말았다.

　결국 송아지 한 마리가 사람의 목숨을 셋씩이나 빼앗은 셈이었다. 일대 괴사가 아닐 수 없었다. 나라의 임금도 이를 괴이한 일이라 여겨 의문을 풀어보려고 세존께 행차하게 되었다.

　"세존이시여, 든건대 성중에서 송아지 한 마리가 세 사람의 목숨을 앗아간 괴사가 발생하였다는데 이는 어찌된 영문입니까?"

　세존께서 말씀하셨다.

　"그 송아지와 세 상인에 대한 과거사를 알고 나면 쉽게 의문이 풀리실 것입니다."

세존께서 들려주신 그들의 전생담은 다음과 같은 것이
었다.

송아지에 받혀 죽은 세 사람의 상인은 전생에 3인이 한
패가 되어 시골로 돌아다니며 장사를 하던 장돌뱅이들이
었다. 그러나 그들은 마음이 불한당같은 사람들이었다.

어느 날 그들은 장사를 다니다가 날이 저물었을 때 여관
을 찾아도 없고 주막도 역시 없고 하여 한 노파의 집에 가
서 사정 이야기를 하게 되었다.

"하룻밤만 재워 주시면 후한 사례를 할 터이니 허락해
주십시오."

노파는 집도 좁고 누추함을 핑계로 거절하였지만 사정
도 딱하고 또 내심으로는 푼돈이나 만져볼 욕심이 들어 마
침내 그들의 숙박을 허락하게 되었다. 노파는 그들을 위하
여 침구도 마련하고 먹을 음식도 구해다 정성껏 대접하였
다. 그들은 식사를 잘 대접받고 잠도 편히 자게 되었다.

그런데 다음날 아침이 되자 돈을 내기 싫어진 그들은 노
파가 잠시 자리를 비운 틈을 타 뺑소니를 치고 말았다. 이
에 분을 참지 못한 노파는 기를 쓰고 뒤따라가 그들의 행
방을 찾아낸 다음 따지고 들었다.

"숙식비를 내고 가시오. 남의 집에서 잠자고 밥까지 먹고 나서 인사도 없이 그냥 가는 법이 어디에 있단 말이오!"

하지만 그들은 숙박비를 주기는커녕 오히려 큰소리를 치기 시작했다.

"이 노파가 망령이 들었나. 우리가 떠나올 때 노파가 불쌍하기에 후하게 대우하여 한 사람에 열 냥씩 거두어 내고 깍듯이 인사말까지 하고 왔는데 무슨 돈을 또 내라는 것이오!"

노파는 기가 막혔다.

"이 날강도놈들아, 언제 너희들이 나에게 돈을 주었단 말이냐? 30냥은 고사하고 서푼도 받은 적이 없다."

그들은 눈을 부라리며 협박하기 시작했다.

"분명히 돈을 주었는데 우리를 도둑으로 몰면 우리가 가만히 있을 것 같아 죽여버리겠다!"

노파는 분기가 치솟아 올랐지만 힘으로는 그들을 당해낼 도리가 없었다. 그녀는 어쩔 수 없이 물러서며 저주하였다.

"이놈들아, 잘 먹고 잘 살아라. 그러나 내 너희들을 용서치 않으리라. 금생이 아니면 내생이나 내후생에라도 꼭 네놈들의 원수를 갚고야 말 것이다."

그 후 노파는 세상을 떠났으나 원한을 품고 죽었으므로

암송아지로 환생하여 차례로 그 원한을 풀었던 것이다.

부처님은 이어서 말씀하셨다.

"악인악과(惡人惡果)의 인과법칙이 참으로 불변인 것을 알아야 할 것입니다."

몸과 입과 마음으로 악을 짓지 말며 세간의 모든 중생을 괴롭히지 말아야 할 것이다. 현전(現前)의 욕심과 색이 공(空)한 줄 알아 무익한 고통을 자초하지 말아야 한다.

삼생기(三生記)

유조창이라는 사람은 자신이 태어나기 이전의 세 차례에 걸친 전생을 기억하고 있는 특이한 사람이었다.

그는 맨 처음엔 사람으로 태어났다. 본디 게을러 놀기만 좋아하였고, 틈만 있으면 여색(女色)을 탐하였다. 별로 하는 일도 없이 그렇게 지내다 예순두 살에 죽었다.

육신을 벗어난 영혼은 곧바로 염라대왕 앞으로 가게 되었다. 죽기 전에는 염라대왕이 매우 험악하게 생겼으리라 생각했었으나, 실제로 상면을 하고 보니 인자하고 위엄이 있는 풍모여서 어느 정도 마음이 놓이게 되었다.

염라대왕이 물었다.

"네가 유조창이냐?"

"네."

"자, 이리로 와서 차나 한 잔 마셔라."

"감사합니다."

유조창은 공손히 일어나 앞으로 나아가 염라대왕이 내미는 찻잔을 받았다. 그런데 무심코 찻잔을 들여다보니 그 빛깔이 이상하였다. 그러나 염라대왕이 들고 있는 찻잔은 맑고 깨끗하였다. 그는 속으로 생각했다.

뭔가 수상하다. 인간세상에서 듣기를 정신을 혼란시키는 미혼탕(迷昏湯)이란 게 있다고 하던데 바로 이것인가 보구나.

그는 차를 마시는 척하면서 염라대왕의 눈을 피하여 슬그머니 책상다리 밑으로 부어버렸다. 그러자 염라대왕이 소리쳤다.

"이 고얀놈!"

그는 질겁하지 않을 수 없었다. 염라대왕의 추상같은 말씀이 이어졌다.

"너는 생시에 죄가 많아 장차 다스리려던 참인데 예까지 와서 허튼 수작을 부리느냐. 너를 말로 변신시켜 내보낼 터이니 그리 알라."

그런 다음 귀졸들에게 명령했다.

"이놈을 당장 말로 만들어 쫓아내거라."

염라대왕의 명령이 떨어지자마자 귀졸들이 우– 몰려들어 유조창을 들더니 짐승의 세계로 던져버렸다.

"야아, 청마가 새끼를 낳았다."

어디에선가 아이들의 외치는 소리가 들려왔다. 그 소리는 아주 먼 곳에서 들리는 소리 같기도 하고 가까운 곳에서 들리는 소리 같기도 하였다. 순간 그는 캄캄하고 답답한 곳을 가까스로 벗어나며 서늘한 바람을 머리에서부터 느낄 수가 있었다.

"히히히힝!"

그의 입에서는 망아지 울음소리가 터져나왔다. 유조창은 비로소 자기가 말로 태어났음을 알았다. 그는 눈을 뜨고 주위를 살펴보았다. 그는 마구간 안의 짚더미 위에 누워 있었으며 바로 코앞에 있는 어미말의 젖꼭지를 보는 순간 말의 본능이 살아나 그 젖꼭지를 입에 물고 빨기 시작했다. 달기가 꿀맛이었다.

그렇지만 얼마 후 그는 말이 아니라 인간이라는 의식이 일어나 심한 수치심과 굴욕감을 느꼈다. 이제는 짐승이 되어 버린 자신의 기가 막힌 운명에 어처구니가 없었다.

'이렇게 될 줄 알았다면 인간으로 있을 때 죄를 짓지 말 것을……'

후회한들 벌써 늦어버린 일이었다. 그래도 어미말의 젖도 빨고, 들판에서 뛰놀며 풀을 뜯을 수 있을 때는 그리 나쁘지만은 않았다.

얼마 후 그는 어미말과 헤어지게 되었다. 별로 슬프지도 않았다. 비록 짐승으로 태어났지만 영혼은 짐승이 아니었기에 어미말과의 정이 없어 그러했으리라. 그는 말이면서도 항시 자기가 인간임을 잊지 않았다. 그러기에 아무래도 다른 말과는 달리 아주 영리한 말로 취급을 받았다.

어느덧 그는 성숙한 말이 되었다. 어느 장군의 눈에 들어 그 장군을 태우게 되었다. 장군은 그를 무척 귀여워하였다. 먹이도 늘 신경을 써 훌륭하게 해 주었고, 몸도 늘 깨끗이 다듬어 주도록 하였다.

어느 해 장군은 그를 타고서 도적 토벌을 나갔다가 적의 기습을 받아 전사하고 말았다. 그는 장군의 죽음에 눈앞이 캄캄해졌다. 그만큼 장군과 정이 깊이 들었기 때문이었다.

주인을 잃어버린 그는 장군의 부하 한 사람에게 이끌려 집으로 돌아왔다. 장군을 잃은 부하는 생계가 막연하였다. 그는 유조창에게 짐수레를 끌도록 했다. 그 역시 고된 일을 시키기는 하였지만 비교적 잘 대해 주었다.

그러나 그도 얼마 안 가 병석에 누웠다가 그만 죽어버렸다. 그에게는 건달 아우가 하나 있었는데 그에게 인계된 유조창은 전에 없이 혹사를 당하기 시작했다. 그는 사정없이 유조창을 부려먹었다. 그럴 때마다 유조창은 지난날 자신을 아껴주던 장군을 생각하고 눈물을 흘리곤 하였다. 장군이나 장군의 부하가 타고 다닐 때는 반드시 부드러운 안장을 얹어 주었고 함부로 채찍질도 하지 않았던 것이다. 그런데 이 건달 녀석은 안장은커녕 배대끈도 달지 않은 채 올라 탄 다음 양 옆구리를 두 발로 사정없이 걷어차고 짐 실은 수레를 끌 때도 무조건 매서운 채찍질을 가하였다.

어느 날 다른 때보다도 배나 무거운 짐을 싣고, 가파른 고갯길을 올라가라고 채찍질을 해대는 것이었다. 유조창은 채찍질을 견디다 못하여 반항을 하였다. 그는 네 발로 땅을 꽉 버티고 서서 꿈쩍도 하지 않았다. 그러자 주인은 목이 빠져라 고삐를 잡아끌었다. 그래도 그는 끝까지 버티었다. 그러자 어디에서 났는지 굵직한 몽둥이로 사정없이 내리쳤다. 그래도 안 되자 나중에는 앞으로 돌아와 머리통을 갈겼다. 무척 아프고 고통스러웠지만 그는 끝끝내 고집을 부리고 버티었다. 매에 못 이겨 순순히 끌려간다는 것은 자존심이 허락하지 않았다.

'죽일 테면 죽여라. 어차피 말로 태어나 살 맛도 안 나는 세상인데, 차라리 맞아서 죽는 편이 나을지도 모르지.'

그는 끝까지 버티기로 결심을 했다. 그러자 주인은 머리 끝까지 화가 나서 소리를 질렀다.

"요놈의 말, 골통을 때려 부숴버리겠다!"

그리고는 최후의 일격을 가하는 것이었다. 유조창은 단

말마의 비명을 지르고 그대로 쓰러지고 말았다.

그리고 얼마나 시간이 지났을까. 그가 다시 눈을 떴을 때 그는 자신이 염라대왕 앞에 있음을 깨달았다.

염라대왕은 나무 방망이로 책상을 두드리며 그를 향해 물었다.

"여봐라, 유조창! 어떻게 하여 벌써 돌아왔느냐?"

"네. 그… 글쎄요."

"고얀 놈 같으니. 아직 벌을 받아야 할 시간이 많이 남았는데 용케도 빠져나왔구나."

염라대왕의 목소리에는 격한 노기가 서려 있었다.

"저는 아무것도 모릅니다. 그저 주인의 매를 심하게 맞고 죽었을 뿐입니다."

"말인 주제에 주인의 명령을 어기다니. 아무리 견디기가 어렵다고 해도 네 힘껏 노력해서 참고 견디는 게 벌이 아니냐? 벌을 받기 싫다고 해서 죽음을 자초하여 반항을 한다는 것은 안 될 일이다. 용서하지 못할 놈 같으니, 이제 네 가죽을 벗기고 말보다도 한층 낮은 짐승으로 떨어뜨릴 것인즉 그리 알아라. 여봐라! 이놈을 끌어내다 개로 만들어라!"

명령이 떨어지자 귀졸들은 유조창을 붙들고 산 채로 생가죽을 벗겨버렸다. 그는 발버둥을 쳤으나 소용이 없었다.

자신이 또다시 다른 짐승으로 변해가고 있음을 느끼며 의식이 몽롱해져 갔다.

"깨갱깨갱"

그의 입에서 흘러나온 소리에 놀라 정신을 차리고 보니 어느 다리 밑 덤불 속에 털도 채 나지 않은 들개 새끼의 모습으로 내팽개쳐져 있었다. 그는 한층 더 비참해진 자신의 신세를 절감하였다.

유조창의 또다른 삶이 시작된 것이었다.

반찬가게 뒷문에서 생선 토막을 훔쳐내 먹으려다 호되게 얻어맞기도 하고, 짓궂은 아이들의 장난감이 되어 발길에 채이기도 하면서 굶주린 배를 채우지 못해 온갖 더러운 곳은 다 뒤지고 다녀야 했다.

겨울이 오면 더욱더 괴로웠다. 어느 추운 겨울날이었다. 주린 배를 채우려 부지런히 먹을 것을 찾아 헤매는데 그의 눈앞에 김이 무럭무럭 나는 황금빛 물체가 보이는 것이었다. 그 전에도 똥만 보면 먹고 싶은 마음이 간절하였으나 인간으로서의 자존심 때문에 번번이 눈을 딱 감고 그냥 지나쳐 버리곤 하였다. 이제까지는 용케도 참아왔으나 오늘은 사정이 달랐다. 체면이고 자존심이고 따지다간 추운 날씨에 얼어죽기 딱 맞았다. 무엇이든 간에 먹어야 했다.

"에라 모르겠다. 우선 살고 보자."

그는 달려들어 하나도 남김없이 다 먹어치웠다. 배를 채우고 나니 굴욕감에 죽고만 싶었다.

'다음부터는 절대 먹지 않으리라. 나는 인간이지 않은가!'

굳게굳게 다짐을 하였건만 얼마 가지 않아 희미해지기 시작했다. 두세 번 되풀이되는 사이에 어느덧 거추장스러운 굴욕감은 사라져 버리고 닥치는 대로 무엇이든 먹어치울 수 있게 되었다. 상당한 발전이었다.

'아아! 나는 이제 정말 개가 되었구나 .'

탄식을 했지만 개의 생활이 익숙해지자 차라리 살기가 편해졌다.

어느 날 그는 그가 세상에 다시 나오게 되었던 그 다리 옆을 지나게 되었는데 어디에선가 자기를 부르는 듯한 소리가 들렸다.

"워리 워리!"

그를 부른 사람은 다릿목 양지바른 곳에 앉아 이를 잡고 있던 거지였다. 아무리 개의 모습일지언정 거지가 부르는 게 아니꼽고 못마땅해 유조창은 반항하는 뜻으로 마구 짖어댔다.

"자, 맛있는 것을 주마."

거지는 옆의 보퉁이 속에서 하얀 주먹밥 한덩이를 꺼내

그에게 주는 것이었다. 그가 인간세상을 떠난 후 처음으로 맛보는 밥이었다.

유조창은 흰 쌀밥 한덩이에 넘어가 거지의 충실한 종이 되어버렸다. 그가 시키는 대로 매일 목에 동냥 바구니를 걸고 그의 뒤를 따라다니며 사람들이 던져 주는 동전을 받아 넣는 심부름꾼이 되고 말았다.

유조창은 인간이었을 때 거지들을 가장 경멸하였다. 못생기고 더럽고 자존심도 없는 인간이라고 욕도 했었다. 그러던 그가 이제는 거지의 부하가 된 것이었다. 유조창은 못내 부끄럽고 억울하여 동냥 바구니를 목에 걸고 고개를 숙이고 다녔다.

사람들은 그가 고개를 숙인 이유가 동냥을 구하는 것인 줄 착각하고 동냥을 잘 주었다. 낮에는 동냥을 하고 밤이 되면 다리 밑으로 돌아와 잠을 잤다.

그러나 그 행복도 잠깐, 엉뚱한 곳에서 그의 생을 더욱 힘들게 하는 일이 생겼다. 동네 반찬 가게에는 살이 토실토실하고 매끄러운 암캐 얼룩이 한 마리가 있었는데 그 얼룩이를 보는 순간 수컷으로서의 본능과 사모의 정이 일어 밤이 되어도 잠을 이룰 수가 없었다.

'다시 만나면 용기를 내야지. 꼭.'

햇살이 눈부신 아침이 되었다. 얼룩이가 다리 위를 지나고 있었다. 그는 급히 뛰어가 얼룩이를 불렀다. 얼룩이는 들개인 주제에 저를 부르는 게 아니꼽다는 듯 눈을 흘기고는 달아나 버렸다. 그는 모욕감을 느꼈다. 그리고 오기가 생겨 그 뒤를 쫓아갔다. 얼룩이는 꽁지가 빠지게 달아났으나 동네 어귀에 거의 다 이르렀을 때 들개에게 잡히고 말았다.

"멍멍멍(창피해 이거 놓아라). 멍멍멍멍(검둥아, 이 들개 좀 봐, 말려 줘)."

얼룩이가 짖어대자 어디에서 나타났는지 몸도 크고 아주 사나워 보이는 까만 수캐가 달려 나와 번개같이 목을 물고 늘어지는 것이 아닌가. 혼비백산하여 피를 철철 흘리며 무조건 뛰었다.

정신없이 얼마나 왔을까. 앞에 시퍼런 강물이 조용히 흐르고 있었다.

'정말 창피하구나. 이게 무슨 꼴이란 말인가. 에라, 더이상 이대로는 못 살겠다.'

유조창은 복받치는 감정을 억제하지 못하고 그만 강물로 몸을 날렸다.

풍덩! 꼬르륵……

정신이 아득해져 갔다.

"땅 땅 땅."

깜짝 놀라 정신을 차려 보니 염라대왕 앞이었다. 세 번째 심판을 받는 셈이었다.

염라대왕은 유조창에게 호통을 쳤다.

"이놈! 몇 번이나 타일러야 알아듣겠느냐? 개로서의 명(命)이 다하지 않았는데 명령을 어기고 또 돌아왔느냐?"

"대왕님, 개의 생활이 싫어서가 아닙니다. 순간적으로 물에 뛰어들긴 했습니다만 죽을 생각은 아니었습니다."

"듣기 싫다. 그러다간 몇백 번을 짐승으로 태어나도 죄를 벗지 못 하겠구나. 개의 주제에 자살이라니. 자살도 순명(順命)에 어긋나는 불손한 큰죄이다. 세상에 살고 싶지 않은 사람은 너뿐이 아니다. 그래도 타고난 명을 순순히 받아들여 참으며 살아간다. 그것이 바로 하늘의 뜻을 섬기는 일이다. 너 같은 놈은 더욱더 삶의 고통을 맛보게 해 주어야 한다. 그렇지 않으면 쓸모있는 인간이 될 수가 없다. 여봐라, 이놈을 개보다 한 등급 더 낮추어 기어다니도록 해 주어라."

추상같은 호령에 귀졸들이 달려들어 개가죽을 벗긴 다음 어디론가 굴려넣었다.

정신을 차려 보니 깜깜한 굴 속이었다. 머나먼 인간에의 기억도 이제는 희미해졌다. 눈은 떴으나 아무것도 보이질 않았다. 자기 몸이 길게 누워 있다는 느낌뿐이었다. 손도

발도 없고 움직임도 느껴지지 않고 배가 닿는 곳에서 흙의 바스락거리는 소리가 들렸다.

여름인지 겨울인지 밤인지 낮인지 구분하기가 어려웠다. 다만 배가 고프다는 느낌뿐이었다. 유조창은 몸을 움직여 위로 기어올라왔다. 얼마쯤 기어올라가니 흙이 우수수 쏟아져 내리며 머리가 바깥 세상에 노출되었다. 꽤 오랜 뒤에야 머리를 돌려 전신을 돌아보고는 깜짝 놀랐다. 자신이 뱀이 되어 있는 것이었다.

'내가 그 징그러운 뱀이라니.'

이것저것 생각할 겨를도 없었다. 아무리 염라대왕의 벌이 무섭다고 한들 이보다 더 못한 짐승으로 태어나랴 싶어 자살을 하고 싶었으나 그것은 불가능한 일이었다.

유조창은 몇 번이나 기절했다가 깨어났다. 뱀이 된 신세에 비하면 말이나 개였을 때는 그래도 행복했던 것 같았다. 슬픔과 고독감이 뼈저리게 엄습해 왔다. 그는 미친 듯이 이리저리 기어다녔다. 처음에는 부자연스럽던 몸이 차츰 가벼워지고 속도가 빨라짐에 따라 기분도 상쾌해지기 시작하여 슬픔도 조금은 줄어들었다. 이제 말이나 개에게 없었던 새로운 생활을 해야 했다. 체념 속에서 살아야 한다는 의식이 뚜렷해졌다.

그는 이제 인간생활의 기억과 인간의 본능을 잊고 잔혹

하고 무참한 뱀의 생활을 시작한 것이었다. 닥치는 대로 먹이를 만나면 잡아먹어야 했다. 살기 위한 수단이기는 하나 팔딱팔딱 뛰며 죽지 않으려 몸부림치는 작은 생물들을 삼킬 때마다 어렴풋이나마 양심의 가책 같은 것을 느꼈다.

어느 날 그는 알 수 없는 쓸쓸함에 사로잡혀 늘 다니던 논두렁으로 나갔다.

"개굴개굴……."

적이 나타난 것도 모른 채 개구리들은 평화롭게 노래를 불렀다. 개구리의 노랫소리에 도취되어 조용히 듣고 있는데 아차 하는 순간 그만 개구리에게 들키고 말았다.

"깩깩(으와! 뱀이다 도망가자!)"

청개구리 한 마리가 그를 보고서 기겁하고 놀라 움직이지도 못했다.

"놀라지 마라. 잡아먹으러 온 게 아니니."

자신의 뜻을 전했으나 알아들을 리 없었다.

"깩깨객(뱀이다! 빨리 도망쳐!)"

같은 개구리들끼리 신호를 보냈다.

그는 엉겁결에 그놈의 입을 막으려고 달려가 그놈을 붙들었다. 청개구리는 이미 혼이 빠져 기절을 해버리고 개구리 합창도 더 이상 들리지 않았다.

유조창은 자기 의사와는 반대로 어느 새 청개구리를 집

어삼키고 말았다. 그의 입을 막는다는 것이 오히려 잡아먹은 셈이다.

'이를 어쩌면 좋은가. 뱀의 본성이 이런 것인가? 뱀이라는 몸뚱이를 갖고는 도저히 양심 따위는 지킬 수가 없단 말인가?'

잊어버렸던 인간의 마음이 되살아나면서 견딜 수 없는 절망감에 사로잡혔다.

유조창은 개구리를 삼킨 일을 마지막으로 일체 생물을 잡아먹지 않기로 결심했고, 또 그것을 실천에 옮겼다. 배가 고프면 나무 열매를 따 먹었고, 그것이 없을 때면 풀을 뜯거나 이슬을 받아 마시며 배고픔을 참았다. 이렇게 근근이 살아가노라니 삶의 의욕마저 상실되어 굶어서라도 죽고 싶었으나 염라대왕이 "자살도 죄가 된다. 주어진 명대로 살아야 한다."고 한 말이 떠올라 참고 인내했다. 먹을 것이 없어 말라 비틀어지더라도 생명이 다하는 날까지 그렇게 살리라 마음먹었다.

인간으로 있을 때 남에게 못할 짓을 한 적은 없으나 여색이나 탐하고 돌아다니며 놀고 먹었다는 죄가 이렇게 삼생을 두고 벌을 받아야 할 정도로 크다니 죄의 대가가 얼마나 참혹한 것인가를 뼈저리게 느낄 수 있었다.

철이 몇 번 바뀌고 유조창의 몸은 야윌 대로 야위어 뼈만 앙상하게 남게 되었다.

유난히도 뜨겁던 어느 한낮, 그는 길 건너편에 작은 냇물이 있음을 기억하고 물 속에 잠겨 더위라도 식히려 그곳으로 향했다. 그러자면 큰길을 하나 건너야 했으므로 바삐 길을 가로질러 가려 하는데 그의 몸 바로 옆에서 수레바퀴의 삐거덕거리는 소리가 들려 왔다.

'큰일이다.' 하고 황급히 피하려 하였으나 가뭄에 푸석하게 쌓인 먼지 때문에 몸이 말을 듣지 않았다. 죽을 힘을 다 했으나 먼지 속에 빠진 몸은 맥을 쓸 수가 없었다. '으아악!' 비명을 지르는 순간 거대한 수레바퀴가 그의 몸 중간을 지났고 그의 머리와 꼬리가 둘로 잘리는 아픔을 느끼며 아득해져갔다.

그는 그 후의 기억이 나질 않았다. 얼마나 시간이 흘렀을까? 그의 몸이 갑갑한 암흑의 세계에서 벗어났음을 깨달을 수 있었다.

그와 동시 그의 입에서는 "으앙 으앙" 하는 아기 울음소리가 나오는 것을 느꼈다. 비로소 새로운 인간으로 태어나게 된 것이다. 그는 말을 할 수는 없었다. 그저 응아 응아 하고 울 뿐이었다. 하지만 그가 말도 개도 뱀도 아닌 인간으로 다시 태어났다는 사실만은 분명히 알 수가 있었다.

생명은 윤회한다.

지네의 전생

사람에게 영혼이 있다는 말도 믿지 못하는 사람이 많은데 동물도 아닌 벌레에게도 혼이 있다면 더더욱 의아해할지 모르겠다. 그러나 모든 생명체는 고등한 것이든 하급한 미물이든 간에 생명체인 이상 혼이 있다고 한다. 생명체는 윤회하기 때문이다.

이상한 피부병을 앓고 있던 한 부인이 종로구 삼청동에서 심령과학을 연구하고 있는 안선생을 찾아왔다. 그 부인은 피부병을 앓기 시작한 지 꼭 28년이 된다고 했다.

그녀의 부모들은 일남팔녀의 자녀를 두었다. 그런데 이상한 것은 아홉 명의 남매 중 오빠 한 사람만 빼놓고 자매 여덟 명이 모두 똑같은 피부병에 걸려 있다는 사실이었다.

그들 자매의 피부병은 병원에서 고칠 수 없다는 것이 판명되었다. 유명 피부과 의사라면 다 찾아가서 치료를 받아

보았지만 아무 효험이 없었다. 한약도 무효하기는 마찬가지였다. 이제 그녀는 안선생을 통해 병을 고쳐보겠다는 한 가닥 희망을 가지고 그를 찾아온 것이었다.

부인의 몸에서는 곰팡이 냄새 같은 이상한 냄새가 나고 있었다. 이런 악취를 풍기는 사람을 아내로 거느리고 살아야 하는 남편의 고충은 짐작이 가고도 남음이 있었다.

안선생이 영사(靈査)를 하자 환자는 두 손을 떨기 시작했다. 그러다가 그녀는 입을 열어 말하기 시작했다.

"우리는 충청도 감나무골 골짜기에 살던 지네 일가족인데 이 사람들의 외조부가 지금으로부터 40여 년 전 보약으로 쓴다며 우리 가족 일천 마리를 잡아먹었소. 그 원한이 사무쳐 우리들을 몰살시킨 당사자에게 붙으려 했으나 영력(靈力)이 세었기 때문에 근처에 갈 수가 없었소. 그의 아들 손자도 마찬가지였소. 그래서 하는 수 없이 여자들에게 빙의 기생하여 오늘에 이른 것이오."

청산유수같이 말을 쏟아놓은 부인은 자신이 방금 한 말을 떠올리며 스스로 소스라치게 놀라는 것이었다. 이는 그녀에게 빙의되어 있던 영이 부령(浮靈)하여 한 말이었다.

안선생과 부인에게 빙의되어 있던 영혼과 나눈 대화는 이러했다.

"그대들이 아무런 까닭 없이 이 부인의 외조부에게 몰살

되었다고 생각하는가?"

"……."

"그대들은 지금으로부터 수천 년 전 중국 주(周)나라 황실의 신하들이었다. 너희들은 간악한 꾀로 충신들을 모함하여 역적으로 몰았다. 충신의 가족 천 여 명을 죽게 한 뒤그들의 재산을 빼앗아 호의호식했던 것이다. 그 죄 때문에그대들은 그 다음 생에는 땅을 기어다니는 지네가 되었던것이다."

"……."

"그대들은 본시 인간이었으나 벌레와 같은 짓을 하였기에 지네가 된 것이다. 그대들을 죽인 이 부인의 외조부는앞서 그대들에게 억울하게 학살을 당한 충신 가족의 족장이었다. 왜 그대들이 멸족을 당했는지 이제는 알겠는가!"

안선생은 계속하여 꾸짖었다.

"인과율이 지배하고 있기 때문에 그 누구도 자기가 만든원인으로부터 모면할 수는 없다. 너희들은 전생의 잘못 때문에 당한 화인 줄 모르고 28년 동안이나 죄없는 사람들을 또 괴롭혔으니 그 책임을 어떻게 면하려는 것이냐? 내너희들을 불쌍히 여겨 천도를 해 줄 것인즉 즉시 물러가도록 하여라."

그런 다음 안선생은 부인에게 절을 찾아가서 지네의 혼

들을 천도해 주라는 말을 했다. 그대로 하니 부인의 피부병이 나았다고 한다.

허무맹랑한 말이라고 할 사람도 있을 것이다. 그러나 부처님께서는 인과에 의하여 윤회하는 이치를 밝혀놓으신바 여러 불자들께서는 이를 의심해서는 안 될 줄 안다.

우리는 살아가면서 우리의 기억 속에도 없는 전생의 업장과 또 속세에 맺힌 업들로 인해 직간접적으로 고통을 받을 수도 있다. 그런 고에서 벗어나는 길은 오직 부처님의 위신력을 믿고 따르는 길뿐이다.

삼보에 귀의하여 생활 속에서 삼보를 찬양하고 열심히 기도하고 참선하며 염불하면 무명의 그림자가 점점 밝은 빛을 피우게 될 것이고 그렇게 되면 천 년 묵은 어둠도 밝은 빛에 사라지듯 어두운 곳을 찾아 안주하려 드는 나쁜 기운을 가진 음귀(陰鬼) 또한 머물지 못하게 되는 것이다.

제2부 선업과 악업

파사리

파사닌 왕의 왕비 이름은 마리였다. 이들 부부는 딸을 낳았는데 공주의 이름이 파사리였다.

파사리의 얼굴은 추악했고 살갗이 거칠어 난타의 가죽 같았으며 머리털은 억세어 말총 같았다. 한마디로 지독하게 못생긴 추녀였다.

딸의 생김이 이와 같으니 왕은 딸을 보아도 전혀 기쁜 마음이 없었다. 왕은 신하들에게 명령하여 다른 사람들로 하여금 그녀를 보지 못하게 하였다. 그렇다고 내칠 수는 없었다. 그 얼굴은 추악하여 사람같지 않으나 사랑하는 마리 왕비의 소생이며 자식이기 때문에 유모로 하여금 잘 기르도록 하였다.

파사리가 점점 자라나 시집갈 나이가 되자 왕은 매우 걱정스럽지 않을 수 없었다. 그리하여 고민을 거듭하다가 측

근에게 명령을 내렸다.

"근본은 양반이지만 지금은 가난하여 장가를 못 가고 있는 사람을 찾아내어 내 앞에 데려오도록 하여라."

명령을 받은 신하는 얼마 후 어떤 빈한한 양반의 아들을 찾아내어 왕 앞에 대령시켰다.

왕은 그에게 은밀히 말했다.

"짐에게 딸이 하나 있는데 얼굴이 매우 추악하여 출가할 곳을 찾았으나 아직 적당한 사람을 만나지 못했다. 짐이 듣기로 그대는 훌륭한 무사의 집안이라는데 사실인고?"

"그렇습니다."

"그대가 부마가 된다면 큰 영화를 누릴 수 있게 될 것이다. 원컨대 그대는 짐의 간청을 저버리지 말고 내 딸을 받아들여 주지 않겠는가?"

이에 무사의 아들은 그 자리에 부복하여 아뢰었다.

"대왕의 분부를 어찌 감히 거절하겠나이까? 받들겠습니다. 그보다 더한 분부라도 기꺼이 받들겠나이다."

왕은 곧 딸을 그 가난한 무사의 아들에게 아내로 주고 그들을 위해 새로 궁전과 집을 짓고 문을 일곱 겹으로 만들게 하였다. 그리고 사위에게 말했다.

"그대는 자물쇠를 가지고 있으면서 혹 밖에 나갈 일이 있으면 문을 잠궈야 한다. 내 딸이 세상에 없이 추하다는 사실을 바깥 사람들이 알지 못하도록 하라."

왕은 부마에게 재물과 모든 필요한 물건들을 하사하여 모자람이 없게 하고 벼슬까지 주어 대신으로 삼았다.

파사리와 결혼한 무사의 아들은 매우 풍족하게 되었으며 여러 귀족과도 번갈아가며 연회를 베풀어 친숙해졌다.

그 나라 풍속으로는 의례 연회 때에는 부부가 함께 나와 남녀가 같이 어울려 즐기는 것이 관례였다. 그런데 다른 사람들은 모일 때마다 모두 부인을 데리고 나와 함께 즐기는데 오직 이 대신만은 언제나 혼자였다.

그래서 다른 사람들은 수군거렸다.

"저 사람의 부인은 얼굴이 굉장히 뛰어난 미인이거나 너무 추해서 나타나지 못하는 것이리라. 우리가 한 꾀를 써서 그 부인을 보도록 하는 것이 어떻겠는가?"

이렇게 의논을 한 후에 대신에게 자꾸만 술을 권하여 취해서 일어나지도 못하게 만들었다. 그런 뒤 그들은 그의 집 열쇠를 찾아 가지고 차례로 대신의 집 문을 열고 안으로 들어갔다.

그때 파사리는 마음으로 괴로워하고 스스로 죄업을 꾸짖으며 한탄하고 있었다.

"나는 전생에 무슨 죄를 지었기에 남편의 미움을 받아 항상 어두운 방에 갇혀 있게 되었을까? 부처님께서는 세상에 계시면서 일체 중생을 이익되게 하시고 괴로운 사람은 모두 구원을 받는다던데, 원컨대 저를 가엾게 여기시어 이곳에 현신하시어 저를 깨우쳐 주시옵소서."

파사리의 부처님을 공경하는 마음이 이처럼 돈독하고 순수하여 부처님께서는 멀리서 그의 뜻을 아시고 곧 그의 집으로 나타나시었다.

파사리는 고개를 들어 부처님을 보고 못내 기뻐하며 공경하는 마음이 더욱 깊어졌다. 그러자 파사리의 머리털이 저절로 가늘고 부드러워지면서 말총같던 그녀의 머리결이 검푸른 색으로 변하였다. 또 부처님의 얼굴을 보고 기뻐하자 그녀의 얼굴은 단정해지고 추악한 모습과 거친 피부도 저절로 사라졌다. 부처님의 몸을 보고 찬탄하는 마음을 지니자 추악하던 모습은 사라지고 마치 선녀처럼 신비하고 아름다워져서 세상에서 아무도 따를 사람이 없게 되었다.

부처님께서 파사리를 위해 설법하셨고 그녀는 온갖 허물이 없어지고 어느 새 수다원과의 도(道)를 증득하였다. 파사리가 도를 터득하자 부처님은 이내 사라졌다.

그때 사람들이 문을 열고 방안으로 몰려들었다. 대신의 부인(파사리)은 단정하고 아름다워 눈이 부실 정도였다.

"그 사람이 부인을 데리고 다니지 않는 것을 이상히 여겼더니 과연 그 이유가 따로 있었구나. 이처럼 아름다우니 그럴 수밖에."

아무것도 모르는 대신은 술이 깨어 집으로 돌아왔다. 문을 열고 들어가 보니 인간세상에서 보기 드문 미인이 반기는 것이 아닌가?

"당신은 누구요?"

"저는 당신의 아내입니다."

"아니 당신은 외모가 추악하였는데 어떻게 이처럼 아름답게 보입니까?"

파사리는 그 동안의 일에 대해 자세히 설명하여 주었다. 그리고 이들 부부는 아버지인 대왕을 뵙기 위하여 왕궁으로 갔다. 왕은 추녀였던 딸이 빼어나게 아름다워진 것을 보고 왕비와 딸과 사위를 데리고 부처님께 나아가 예배를 하고는 한쪽에 물러나 꿇어앉아 부처님께 여쭈었다.

"이상하나이다. 제 딸은 전생에 어떤 복을 지었기에 부하고 즐거운 왕가에 태어났으며, 또 어떤 허물을 지었기에 추하고 더러운 몸을 받아 피부와 모발은 거칠고 억세어 축생보다도 더하였나이까?"

부처님께서 말씀하셨다.

"사람이 세상에 태어남에 단정하고 추한 것은 다 전생에 지은 죄와 복의 갚음으로 되는 것이니라. 지나간 먼 세상 바라나시라는 나라에 재물이 한량없이 많은 큰 장자가 있

었다. 그 장자는 부처님께 늘 공양을 하였다. 그 장자에게
는 딸이 하나 있었다. 그런데 그 딸은 부처님을 미워하여
상을 찡그리고 뵙기를 좋아하지 않았다. 부처님은 열반하
실 때가 되어 마지막으로 그 장자의 집에서 공양을 마치시
고 그 장자를 위해 가지가지 신통력을 보이셨다. 장자는
그것을 보고 한없이 기뻐했다. 그 딸은 곧 잘못을 뉘우치
고 스스로 자기를 꾸짖고 사죄하였다.

'원컨대 부처님, 용서하시옵소서. 저는 전에 나쁜 마음
으로 지은 죄가 너무나 무겁습니다. 마음에 두지 마시고
부디 모든 죄를 용서하시옵소서.'

그때의 그 여자가 바로 지금의 공주이니라. 그녀는 부처
님을 나쁜 마음으로 비방하는 허물을 지어 그 후론 언제나
추한 형상을 받았으나 스스로 참회하였기 때문에 도리어
단정한 몸을 받을 수 있었으며 뛰어난 재주는 아무도 그를
따를 이가 없게 된 것이다. 또한 부처님을 공양하였기 때
문에 부귀하고 이제 해탈을 얻게 된 것이니라."

왕과 신하들과 여러 대중들은 부처님이 말씀하시는 인
연과 과보를 듣고 공경하여 부처님 앞에서 감탄을 하였다.

과거의 일을 알고자 하는 이는 지금 자기가 받는 것이
곧 과거에 지은 것이며, 미래를 알고자 한다면 지금 이 세
상에서 행함이 곧 미래사이다.

만배 공덕

신라 때의 일이다. 서라벌의 모량리(牟梁里)에 경조(慶
祖)라는 이름을 가진 여인이 살고 있었는데 그녀에게는 아
들이 하나 있었다. 그 아들의 머리가 크고 이마는 평평하
여 마치 큰 성과 같이 생겼다 하여 대성(大城)이란 이름을
지어 부르게 되었다.

대성의 집은 그야말로 찢어지게 가난하였다. 먹고 살기
가 힘이 들어 이들 모자는 부호인 복안의 집에 고용인으로
들어가게 되었다. 복안 장자는 밭 몇 이랑을 떼어 주어서
농사를 지어먹도록 하였다.

이때 서라벌 성내의 흥륜사에서 육륜회(六輪會)란 불사
를 열고자 하여 화주승(化主僧)인 점개(漸開) 스님이 권선
을 하러 다니다가 복안 장자집에 들어갔다. 화주승은 문간
에서 시주하여 주기를 청하였다. 복안 장자는 즉석에서 베

50필을 불사에 시주하였다.

시주를 받은 점개 스님은 목탁을 치며 큰 소리로 다음과 같은 덕담(德談) 염불을 하였다.

"단월(壇越)시주가 보시(布施)하기를 좋아하면 하나를 베풀매 만배를 얻고 제천선신이 항상 두호하며 수명을 누려서 장수하리라"

때마침 대성이가 옆에서 이러한 축원소리를 듣게 되었다. 그런 소리를 듣는 순간 비록 가난하여 찌들려 있으되 마음이 절로 환해지는 것이었다. 그래서 그는 곧 한달음에 안으로 달려들어가 어머니에게 말하였다.

"어머니, 방금 문 밖에서 스님께서 하시는 염불 소리를 들으니 하나를 시주하면 만배를 얻는다 하더이다. 이런 좋은 일이 어디 있겠습니까?"

"……."

"생각해 본즉 우리가 전생에 닦은 복이 없기 때문에 오늘날 이렇게 가난하게 사는 것 같습니다. 이제 또 보시를 아니하면 내세에는 이보다 더 가난할는지도 모르겠습니다. 그러니 주인에게서 받은 밭 두서너 이랑이나마 법회에 바쳐서 후생복(後生福)을 닦는 것이 어떠하겠는지요?"

그 말에 어머니도 크게 기뻐하며 쾌히 허락하는 것이었다. 대성은 기쁨을 감추지 못해 점개 스님께 달려가서 밭 두서너 이랑을 불사에 쓰도록 시주하겠다고 청하니 점개 스님도 감격해하면서 그들 모자를 위해서도 염불을 해 주었다. 이제는 나도 큰복을 지어 놓았다는 생각에 대성의 마음이 흐뭇하였다.

그런 후 대성은 얼마 지나지 않아 세상을 떠나고 말았다. 그런데 그날 서라벌에 있는 대신 김문양의 집 상공에서 다음과 같이 외치는 소리가 들려왔다고 전한다.

"모량리 대성이가 너의 집에 태어난다."

집안 사람들이 놀라서 모량리에 가서 알아보니 과연 그날 밤에 그곳에 살던 대성이라는 사람이 급병으로 죽었다는 것이었다. 그런 일이 있은 후로 김문양의 부인이 태기가 있어 열 달 만에 아이를 낳았는데 신생아는 왼손을 꼭 쥐고 있었다. 7일 만에야 주먹을 폈는데, 손바닥에는 대성이라는 두 글자가 나타나 있었다. 그래서 새로 태어난 아들의 이름을 그대로 대성이라 짓게 되었다.

김문양은 대성의 전생 어머니인 경조부인을 불러다가 두 어머니가 함께 새로 태어난 대성을 양육하게 하였다.

대성은 장성함에 따라 항상 사냥하기를 좋아하더니 하루는 토함산에 올라 곰 한마리를 사냥하여 오다가 산 아래에 있는 촌가에서 자게 되었다.

그날 밤 대성의 꿈에 죽은 곰이 나타나서 말했다.

"네가 나를 죽였으니 이번에는 내가 너를 잡아가겠다."

대성은 꿈 속에서 애걸복걸 빌었다.

"제발 내가 잘못하였으니 살려만 주시오. 나는 전생 부모와 이생 부모를 모시고 있는 사람인데 나를 잡아가면 우리 집안이 어떻게 되겠소. 제발 살려 주시오."

그러자 곰이 말했다.

"너의 소행은 괘씸하기 짝이 없어 꼭 너를 잡아가야 하겠지만 너의 부모님들의 사정을 보니 딱하구나. 그러면 내가 청이 하나 있으니, 네가 나를 위하여 절을 하나 지어 주고 내 명복을 빌어 추선(追善)하여 주겠느냐?"

"그 일에 대하여는 염려 마시오. 우리 집이 넉넉하니 부모님께 말씀드려 꼭 절을 지어 추선제를 올릴 것이니 나만 잡아가지 마시오."

곰 귀신에게 약속을 하고 또 다짐을 받은 후에야 꿈에서 깨어날 수 있게 되었다. 그의 전신에서는 식은땀이 흘러 옷을 적시고 있었으며 마음은 천조에 눌리운 것 같이 무척 무거웠다.

대성은 그로부터 사냥을 단념하였다. 그는 꿈에 곰과 약속한 대로 부모에게 전후 사연을 말하여 그 곰을 잡은 땅에 장수사(長壽寺)라는 절을 짓고 스님을 청하여 주지를 맡기고 곰의 명복을 빌어 주었다.

그리고 대성이 차츰 늙어 감에 따라 전생의 부모와 이생의 부모가 차례로 세상을 떠났다. 그는 부모의 은공을 갚는 데는 절을 지어 드리는 것이 최상의 공덕이라고 생각하고 원력(願力)을 세운 뒤에 또한 불국사와 석굴암을 지어 신림(神林)과 표훈(表訓) 두 스님을 청하여 주지(住持)를 맡게 하고, 전생부모와 이생부모를 위하여 명복을 빌어 추선(追善)케 하였다고 한다.

《삼국유사》에 전하는 이야기이다.

개가 된 어머니

해인사의 영자전(影子殿)에 계시던 임환경(林幻鏡) 스님이 몸소 겪으신 실화이다.

어느 때인가 재를 올리는 한 상주가 흰색의 개 한 마리를 데리고 왔는데, 그 개가 대청이며 법당할 것 없이 사방으로 헤매고 사내(寺內)를 더럽히며 돌아다니는 것이었다. 이에 환경 스님은 상주에게 말하였다고 한다.

"상주가 아무리 체면이 없기로 이런 청정한 곳에 개를 데리고 와서야 됩니까. 모르고 끌고 왔다면 개 목을 매서라도 이렇게까지는 못 하도록 하는 것이 마땅한 일이 아니겠소!"

그러자 상주는 좀 어색한 표정을 지으며 말했다.

"이 개는 모양은 비록 개의 몸이로되 실은 바로 저의 모친입니다. 그러기에 함부로 다룰 수가 없어서 그리되었으니 용서해 주십시오."

개를 보고 어머니라 하니 거기에는 반드시 곡절이 있으리라 여겨 물었다.

"그게 무슨 말씀이오?"

상주는 한숨을 푹 쉬고 나서 그간의 전후사를 말하기 시작했다.

그는 경상도 지례(至禮) 사람으로 이름은 김재선(金在善)이라 했다. 부친은 일찍이 작고하시고 편모 슬하에 살았으며 지난 해에는 모친마저도 세상을 떠났다는 것이다.

그 후 4개월 쯤 지나서 집에서 기르던 암캐가 이 흰 강아지를 한 마리 낳았다는 것이다.

그런데 개가 자라면서 탐스럽고 매우 영리해서 그는 사냥개로 만들 양으로 하루는 개의 두 귀를 쨌더니 그날 밤 꿈에 돌아가신 어머니가 나타나 그에게 말하는 것이었다.

"에라 이 몹쓸놈아, 어미를 알아보지 못하고 내 두 귀를 칼로 쨌단 말이냐! 하기야 내가 지은 업보인데 무슨 말을 하겠느냐. 그 동안 너는 농사를 열심히 지어 살만해졌지만 딸자식이 출가는 하였으나 못 사는 까닭으로 평소에 내가 너를 속이고 쌀과 천을 훔쳐내어 딸에게 주었느니라."

흰개가 어머니의 후신이었던 것이다. 그리하여 그는 개 밥통을 새로 깨끗하게 만들어 놓고 음식을 갖추어 사죄하였다.

"소자가 잘못했습니다. 용서하여 주십시오."

그날 밤 다시 꿈을 꾸었는데 역시 어머니가 나타나 말했다.

"모두가 내 잘못으로 죄보를 받아 좋게 태어나지를 못하고 도리어 네 집의 개로 태어났으니 어찌할 도리가 없구나. 한 가지 소청이 있다. 내가 전생에 멀지도 않은 해인사를 한 번도 가보지를 못 하였으니 그것이 한이로구나. 그러니 네가 나의 원을 풀어주기 바란다."

그래서 개를 데리고 왔다는 것이었다.

김재선은 환경 스님에게 이와 같이 말하면서 너그럽게 헤아려 주시라는 부탁을 하였다. 환경 스님은 그의 정성이 지극함을 가상히 여기고 큰 법당과 장경각을 두루 안내하니 개는 꼬리를 흔들며 기뻐하였다고 한다.

부처님은 《삼세인과경》에서 개나 돼지로 태어나는 것은 전생에 남을 속이고 해친 과보라고 설하셨다. 인간이 스스로 지은 바에 따라 축생도(畜生道)에 떨어져서 윤회전생하였다는 이 한 토막의 이야기를 통해 우리는 삼세인과의 법칙을 다시금 확인하게 된다.

왕랑의 염불

조선조 세종 때 함경북도 길주에 왕랑이란 사람이 살고 있었다. 그는 11년 전에 부인이 죽은 다음 혼자 살고 있는 홀아비였다. 그런데 하루는 죽은 지 이미 십 여 년이 지난 부인 송씨가 꿈에 나타났다.

"여보 영감, 설마 나를 잊어버리지는 않았겠지요?"

"죽은 지 11년이나 된 당신이 어찌 찾아온 것이오?"

"영감에게 꼭 부탁할 말이 있어 왔어요."

"그 부탁이란 무엇이오?"

"나는 죽은 지 11년이나 지났으나 아직도 죄의 심판이 끝나지 않았어요. 내일 아침이면 저승사자들이 당신을 잡으러 올 테니 당신은 바로 집안에 향을 피우고 서쪽 벽에 아미타불의 글자를 써서 걸어 모시고 서쪽을 향해 앉아 이 밤이 새도록 나무아미타불을 암송하시오."

"시키는 대로 하겠소. 그러나 대체 염라대왕이 왜 나를 잡아간단 말이오?"

"우리 집 북쪽에 사는 늙은 안씨가 매일 서쪽을 향하여 백팔 번씩 절을 하고 매달 보름날이면 특별히 일천 배를 하고 있잖아요. 우리 내외는 그 안씨를 미친 사람 취급하며 흉을 보고 염불하는 것을 미워하는 죄를 저질러 왔어요. 그리고 부처님을 불신하고, 삼보를 비방하며, 스님네를 욕하고, 살생하기를 좋아하고, 술 마시기를 즐기며, 거짓말하기를 예사로 여기는 죄도 저질렀어요. 그 죗값으로 내가 먼저 잡혀 왔는데 당신을 잡아와야만 심판을 마치고 무간지옥으로 보낸다 합니다. 당신은 내가 시키는 대로 염불을 지성껏 하시면 지옥의 고초를 면하게 될지도 몰라요. 부디 내 말을 잊지 마세요."

문득 잠에서 깨어 보니 꿈을 꾸었음을 알았다. 하지만 너무나도 선명했다. 왕랑은 부인의 말을 명심하여 시키던 대로 당장 그날 밤 나무아미타불의 염불을 창호지에 써서 서쪽 벽에 걸어 놓고 향로에 불을 사르고 지성으로 염불을 하기 시작했다.

이튿날 아침이었다. 다섯 명의 저승사자가 홀연히 찾아와서 왕랑의 집을 돌아보니 그곳은 그냥 집이 아니라 그들의 눈에는 도량으로 보였다. 열심히 불도에 정진하고 있는 수도승을 무엇 때문에 잡아오라는 것인지 알 수가 없었다.

한 저승사자가 왕랑에게 말했다.

"우리는 염라대왕의 명으로 당신을 잡으러 왔으나 당신이 도량 청소를 깨끗이 하고 염불을 하며 수도에 정진하고 있으니 혼란을 느끼지 않을 수 없소이다. 상부의 명령을 어길 수가 없는 까닭에 당신을 저승으로 데려가야만 합니다. 그러나 상부에서 무슨 착오를 일으켰는지도 모르니 정식으로 결박을 짓지 않고 정중하게 모시고 가겠습니다."

그러자 다른 저승사자가 이의를 제기했다.

"염라대왕께서 묶어서 끌고 오라셨는데 묶지 않고 데리고 가면 어찌하려 하는가?"

"우리들이 남의 혼을 혹독하게 다루기만 했지 선도를 닦지 못하기 때문에 지금까지 이 귀신보를 받고 있는 것이오. 그리고 우리가 죽을 죄를 받더라도 감히 염불을 하는 사람을 묶을 수는 없지 않겠소?"

분명한 것은 왕랑이 그들을 따라가지 않을 수 없다는 사실이었다. 왕랑이 저승사자를 따라서 명부에 들어가니 염라대왕이 대노하여 사자들을 꾸짖었다.

"급히 잡아오라 하였거늘 어찌 이리 늦었느냐? 그리고 죄인을 묶어오지 않은 것은 또 어인 일이냐?"

이에 왕랑을 데리고 온 저승사자가 말했다.

"전에야 무슨 죄를 지었는지 모르지만 우리가 인간에 나가 보니 왕랑은 염불을 지성으로 하고 있었습니다. 염불을 하고 있는 행자를 묶어올 수가 없어 그저 붙들고 왔으니 노여움을 풀어 주십시오."

염라대왕은 그 말을 듣고 기뻐하며 흔쾌히 왕랑을 영접하였다. 명부시왕들도 일제히 일어나 왕랑을 환대했다. 염라대왕이 말했다.

"너희 부부는 일찍이 염불하는 것을 비방하고 욕설하며 삼보를 욕하고 살생과 망어와 음주를 하여 사람을 괴롭게 한 죄를 범했었다. 그런고로 먼저 너의 부인을 가두고 다시 그대의 명이 다하기를 기다려 역시 잡아다가 문초하고 매질한 뒤 무간지옥으로 보내려고 하였는데 사자에게 들으니 지난 날을 참회하고 지성으로 염불한 공덕이 있다 하니 모든 죄를 용서하겠노라."

이어서 염라대왕은 판관에게 말했다.

"이 왕랑 부처가 먼저는 남의 염불하는 것을 비방하고 삼보를 공경치 않은 큰죄를 지었기에 무간아비지옥으로 보내려 하였더니 그간에 개심하여 염불을 지성껏 하였으므로 죄가 모두 없어졌다. 그러므로 다시 연명을 시켜서 인간으로 돌려보내고자 하니 판관이 알아서 적당히 처리하도록 하라."

판관이 염라대왕에게 말했다.

"왕랑은 시신이 있으므로 다시 환생할 수가 있으나 송씨는 육신을 버린 지 11년이나 지났으므로 시체가 다 썩어 없어졌으니 송씨의 혼을 어디로 보내오리까?"

"그것도 그렇구나, 과연 난처한 일이로다."

이때에 왕랑이 재빨리 말했다.

"소인이 집을 떠나 올 때에 길주의 원님인 성주의 딸이 스물한 살인데 명이 다하여 죽었으므로 아직 그 시체가 그냥 남아 있는 줄 아옵니다. 그런즉 아내 송씨의 혼을 그의 시체로 돌려보내 주시면 좋을까 하나이다."

이리하여 왕랑은 죽은 지 사흘 만에 의식이 돌아와서 다시 살아나게 되었다. 그가 깨어 보니 집안 사람이 자기 시체를 관에 넣어 장사를 지내려 하고 있었다. 왕랑이 다시 살아나자 사람들은 일면 놀라고 또한 기뻐해 마지않았다.

한편 그의 부인 송씨는 길주 성주의 딸에 의탁하여 되살아났다. 딸이 되살아났다고 기뻐하는 성주와 그의 부인에게 그 딸은 말했다.

"저는 11년 전에 이 세상을 떠난 왕랑의 처로 염라대왕의 심판을 받고 인간으로 다시 오게 되었는데 의거할 곳이 없어 따님의 몸을 빌렸으니 그리 아시고 친딸같이 여기시어 왕랑에게 시집보내 주소서."

성주 부처는 죽었다가 되살아난 딸의 머리가 좀 이상해졌다고 여기지 않을 수 없었다. 그러나 본인이 홀아비 왕랑이 아니면 혼인을 하지 않겠다고 하니 마침내 그 딸의 말대로 해 주지 않을 수 없었다.

우여곡절을 치르고 명부까지 갔다가 인간에 다시 돌아와서 또 부부의 연을 계속하게 된 이들 왕랑 부처는 오래도록 장수하며 지성으로 삼보를 공경하고 다시 죽을 때까지 염불을 하루도 그치지 않았다고 한다. 그들은 죽은 뒤 서방정토 극락세계에 왕생하였을 것임이 분명하다.

호구산의 관음사

옛날 중국 소주(蘇州) 땅에 돈 많은 장자 시대창(施大昌)
이란 사람이 있었다. 그는 독실한 불자로서 호구산(虎丘
山)에 관음사(觀音寺)를 창건하고 백의관음보살상을 조성
하여 봉안하는 불사를 시작하게 되었다. 그는 다시 관음전
법당을 날아갈 듯이 지은 다음 찬란하고 장엄한 현판을 조
각한 뒤에 금색으로 글자마다 도금하여 높이 달아 놓았다.

낙성식 전날이었다. 그는 마지막으로 도량 청소와 경내
정리를 다 마치고 목욕을 한 후에 새 옷을 갈아입고 관음
전에 들어가 수없이 예배를 드리고 축원과 맹세를 바쳤다.

"중생을 위한 구고구난(救苦救難)을 베풀어 주시는 대자
대비하신 관세음보살님이시여, 저는 보살님을 한시라도
떨어져 있을 수가 없습니다. 보살께서 본시 아미타불을 머
리에 이고 계시듯이 저도 이제부터 본사 관음대성을 마음

속 머리 위에 이고 다니겠습니다. 저의 죄를 소멸하여 주시고 복을 이루어 주시는 동시에 무수한 모든 중생도 이 백화도량으로 이끌어 제도케 하여 주옵소서."

그는 관음사의 주지로 단계화상(丹溪和常)을 모셨다.

하루는 시대창이 관음사에 도착하여 관세음보살께 예배하고 법당문을 나오려는데 절 뒤에서 곡성이 크게 들려오는 것이었다. 단계 스님과 시대창은 이상하게 여기고 찾아 올라가 보았다. 그런데 그곳에서 울고 있던 사람은 다른 사람이 아니라 오랫동안 시대창과 헤어져 있던 서당의 동창생인 계한경(桂漢卿)이었다.

시대창은 깜짝 놀라서 물었다.

"자네 계군 아닌가?"

"아니, 자네는?"

"무슨 곡절인가?"

계한경은 목메인 소리로 말했다.

"남에게 진 빚이 많은데 갚을 길은 없고 생각다 못해 조용한 곳에 와서 자살을 하려고 이곳을 찾아온 걸세. 나무에 목을 매 죽으려 하는데 내가 죽으면 마누라도 불쌍하고 자식들은 누가 먹여 살리는가 하는 생각이 들어 이러지도 저러지도 못하고 신세타령을 하며 울고 앉아 있는 걸세."

"너무 상심하지 말게. 우리 절에 모신 관세음보살님이

도와주실 걸세. 대관절 빚이 얼마나 되기에 죽으려고 결심까지 하였단 말인가?"

"자그마치 3만 냥일세."

"어쩌다가 그렇게 큰 빚을 졌단 말인가."

"살림이 기울자 장사를 해서 재물을 벌어보려고 하지 않았겠나. 그런데 남에게 빚을 얻어서 시작한 장사가 번번이 실패만 하다 보니 빚밖에 남은 것이 없어 오늘날 이 지경이 되었다네."

"친구간에 그런 말을 들으니 내 가슴이 아프네. 사람 나고 돈 났지 돈부터 나고 사람이 났겠는가? 나도 지금 절을 짓고 불사(佛事)를 하느라고 돈의 여유가 없으나 3만 냥 정도는 도와 줄 수 있으니까 갚을 생각일랑 말고 아주 가져가서 빚을 갚고 다시 시작하여 잘 살아보도록 하게."

"참으로 시군은 나의 은인일세. 자네 은혜는 각골난망(刻骨難忘)일세."

"아, 별소릴 다하는군. 환난상구(患難相救)하는 것이 친구의 도리가 아니겠는가."

"참으로 시군은 내가 죽어서도 잊을 수 없는 친구일세."

"그나저나 빚만 갚으면 되는 것이 아니라 당장에 먹고 살 것이 있어야 하지 않겠는가? 나에게 과수원이 하나 있는데 사과가 주렁주렁 열렸네. 그것을 자네에게 줄 테니 호구지책으로 삼아보게."

계한경은 친구의 호의에 감격한 나머지 관음전을 향하여 머리를 숙여 절하고 맹세하였다.

"대자대비하신 관세음보살이시여, 이게 다 보살님의 공덕이라고 생각합니다. 시군이 불자가 아니었으면 어찌 이와 같이 친구를 살려 주었겠습니까. 제가 만일 금생에 이 돈을 다 갚지 못하면 우리 식구가 죽어 내생에 견마(犬馬)가 되어서라도 갚겠습니다."

그 뒤에 계한경은 시대창이 준 돈으로 먼저 빚을 다 갚고 과수원을 아주 착실하게 경영하기 시작했다. 그는 슬하에 3남매를 두었다. 그는 큰딸을 시대창(施大昌)의 아들인 시환에게 주어서 서로 사돈이 되자는 제안을 먼저 했다.

그런데 계한경은 시대창이 준 과수원에서 뜻하지 않은 횡재를 하게 되었다. 하루는 과수원에서 일을 하다가 땅속에 묻혀 있던 벽돌장 크기만한 순금 덩어리를 얻은 것이었다. 그는 그것을 팔아서 큰 부자가 되었다. 이때부터 그의 마음이 변했다.

한편 시대창은 어찌된 일인지 실패를 거듭했다. 계한경이 진정으로 의리가 있는 사람이라면 곤경에 빠지게 된 시대창을 도와 주어야 마땅했을 것이다. 그러나 그는 빌렸던 3만 냥을 갚지 않았을 뿐만 아니라 약혼한 딸도 며느리로 주지 않았다. 그는 아예 타지방인 회계 땅으로 이사를 가고 말았다.

계한경은 돈을 더 벌려고 가족들을 두고 혼자 장안으로 가서 무역상을 시작하였다. 그러나 그는 무역을 시작한 지 얼마되지 않아서 협잡꾼에게 속아 재산을 송두리째 날리고 말았다. 그는 또다시 알거지가 된 것이었다.

그는 기가 막혀 술을 퍼마셨다. 술에 취해서 쓰러져 울다가 잠이 들었다. 그는 꿈 속에서 어떤 큰집에 이르러 밖에서 개구멍으로 들어갔다. 뜻밖에도 그곳은 시대창의 집이었다. 그는 양심에 찔려서 황급히 시대창을 피해 뒷마당으로 도망쳤다.

계한경은 그곳에서 더욱 놀라게 되었다. 그 사이 두 아들과 아내가 죽어서 개가 되어 시대창의 집에서 살고 있었다는 것을 발견하게 되었기 때문이다.

그는 아내에게 물었다.

"이게 대체 어찌된 일이오?"

그러자 개가 된 그의 아내는 앞발로 땅을 파면서 말했다.

"당신이 호구산에 있는 관음사에서 관음보살님께 맹세한 일을 잊어버렸단 말이에요. 당신이 마음을 잘못 썼기 때문에 그대로 된 거예요. 누구를 원망하겠어요."

옆에 있던 두 아들들이 입을 모아 말했다.

"아버지가 시대창 대인의 은혜를 저버렸기 때문에 명부의 시왕(十王)이 우리들 모자 셋을 개가 되게 한 것입니다. 아버지도 오래지 않아서 사자에게 붙들려서 시왕님의 판결을 받고 이 집으로 개가 되어 올 것입니다. 그러나 누나만은 남은 인연이 있기에 개는 되지 않을 것입니다."

계한경이 꿈을 깨고 나니 그 동안 떠나와 있었던 집으로 돌아가 볼 생각이 났다. 아무래도 아내와 두 아들이 죽은 것만 같았다. 서둘러 집으로 돌아와 보니 과연 그대로였다. 말 빚을 갚지 않고 피해 갈 수 없다는 것을 계한경은 그제야 분명히 알게 되었다.

그는 혼자 남아 있던 딸을 데리고 소주로 가서 시대창의 집을 찾아갔다. 시대창은 그 사이 다시 살림이 일어서 거부 장자가 되어 있었다. 시대창의 아들인 환이도 벌써 어떤 대갓집 딸과 결혼하여 살고 있었다.

계한경은 시대창에게 깊이 사죄하였다.

"자네를 대할 면목이 없지만 용서라도 빌지 않고는 견딜 수가 없어서 이렇게 찾아왔네. 용서를 비는 뜻에서 내 딸을 환이의 후실로 바치고자 하니 받아 줄 수 없겠는가?"

환이가 아버지 대신 나서서 말했다.

"말같지 않은 말씀 하지도 마십시오. 달면 삼키고 쓰면 뱉는 것도 분수가 있지 않습니까? 선생이 3만 냥의 빚 때문에 죽게 된 것을 우리 아버지가 갚아 주게 하고 더구나 과수원까지 주지 아니하였습니까. 선생은 우리 과수원에서 금덩이를 얻어 가지고 회계 땅으로 도망가서 장사를 한답시고 낙양 장안으로 왕래하며 호화판으로 살다가 급기야는 망하게 된 것입니다. 이제 무슨 얼굴로 우리 집을 찾아온 것이오. 우리 집이 기우니까 아주 망한 줄 알고, 선생은 횡재를 하여 영구히 잘살 줄로 알았지요. 하지만 사람은 마음을 잘 써야 합니다. 오늘날 무슨 염치로 다시 찾아왔단 말입니까. 선생께서 우리 관세음보살님께 맹세한 대로만 하였으면 이렇게 되지는 않았을 것입니다."

계한경은 창피를 무릅쓰고 사지를 땅에 뻗치고 고두 백배하며 진심에서 우러나는 사죄를 했다.

"내가 죽을 때가 되어서 저지른 일이니 한번만 너그러이 용서해 주시오."

이 때 그 집에 있던 세 마리의 강아지가 쫓아 나와 슬프게 울부짖었다. 계한경은 그들이 자기의 처자라고 생각하니 정신이 아찔하였다. 그는 딸만이라도 구하고 싶었다.

"오갈 데 없는 내 딸을 그대의 후실로 받아들여 주면 결초보은(結草報恩)하겠소."

이처럼 그가 애원을 하자 시대창이 말했다.

"이 친구의 소행이야 괘씸하지만 그 딸이야 무슨 죄가

있겠느냐. 그러니 네가 용서하고 받아들여서 둘째 아내로 삼아라."

이렇게 하여 딸을 시대창의 집에 맡기게 된 계한경은 그로부터 호구산 관음사로 올라가 머리를 깎았다. 그는 불문에 들어 자기가 지은 모든 죄업을 참회하고 불도에 정진하기 시작했다. 그리고 자기 때문에 축생보를 받게 된 아내와 두 아들의 천도를 위해 지극정성을 다했다.

그런 어느 날 계한경이 꿈을 꾸게 되었는데, 꿈에 처자들이 찾아와서 그에게 말했다.

"당신이 늦기는 하였지만 과거의 죄를 관세음보살님께 참회하고 수도한 공덕으로 우리들도 업장을 소멸하고 이고득락(離苦得樂)하여 가게 되었습니다."

이튿날 계한경은 그 꿈의 진위를 알아보려고 시대창의 집으로 사람을 보냈다. 심부름을 갔다가 돌아온 사람이 말하되 그 집의 개 세 마리가 한꺼번에 죽었다는 것이었다. 그는 윤회를 더욱 깊게 믿지 않을 수 없었다.

계한경은 주야로 불도를 닦았고 마침내 그는 단계화상의 뒤를 이어 관음사의 주지가 되었다고 한다. 화주인 시대창과는 도반이 되어 80세까지 같이 살면서 염불삼시(念佛三時)로 세상을 지냈다고 한다.

호구산의 《관음사지》에 전해져 내려오는 이야기이다.

정구죽천이로다

  죽장에 삿갓을 쓰고 삼천리를 주유했던 방랑시인 김삿갓의 본명은 김병연(金炳淵)이다. 자는 성심(性深)이고 호는 난고(蘭皐)이지만 김삿갓이라는 별명으로 더욱 널리 알려진 인물이다.

  그는 홍경래의 난이 일어났을 때 선천의 부사를 지냈던 김익순의 손자로 태어났다. 당시 김병연의 나이는 다섯 살이었다고 한다.

  선천부사 김익순은 군무를 마친 뒤 술을 마시고 취하여 영안에 곯아떨어져 있다가 야음을 타고 기습을 감행해 온 반군 홍경래에게 저항 한번 제대로 하지 못한 채 사로잡히고 말았다. 술이 취한 상태에서 결박을 당했던 그는 굴욕적인 항복을 할 수밖에 없었고, 이것이 빌미가 되어 홍경래의 난이 평정되었을 때 그는 사형을 당했다.

김익순의 아들 김안근마저 화병으로 세상을 떠나자 김병연은 종복 김성수의 고향인 황해도 곡산에서 성장하게 되었다고 한다. 물론 홀어머니는 아들에게 선대의 비밀을 알려주지 않았다. 그는 할아버지가 김익순이라는 사실을 모르고 성장했다.

김병연은 재주가 비상하였다. 하나를 가르쳐 주면 열을 아는 신동이었다. 그는 스무 살에 과거에 응시하여 장원급제를 하게 되었는데 이때의 시재가 '논정가산충정사 탄김익순죄통우천'이었다. 즉 홍경래의 난에 불충한 김익순의 죄를 논하라는 것이었다. 그는 김익순이 조부라는 사실을 모르기에 일필휘지로 그 죄상을 추상같이 논했고 장원급제를 하게 된 것이었다.

이 무슨 과보인가. 하필이면 그런 시재가 나와서 손자로 하여금 조부의 과오를 논하게 한단 말인가. 그의 어머니는 아들이 장원급제하고 돌아왔을 때 더 이상 지난날을 속여 후손이 조상을 욕되게 할 수는 없다 하여 모든 것을 들려주기에 이르렀다.

뒤늦게 진상을 알게 된 김병연은 그로부터 벼슬을 하지 않고 조상을 욕한 죄인으로서 하늘을 우러러볼 수 없다고 하여 삿갓을 쓰고 삼천리를 방랑하는 시인이 되었던 것이다. 조선의 뛰어난 시인인 김삿갓에게는 이러한 숙생인연에 얽힌 과보가 있다.

그는 아주 뛰어난 시를 많이 남겼다. 당시 걸식하며 다니는 그의 입장에서 보면 인심은 고약하기 짝이 없었다.

해가 저물어 두어 집 문을 두들겼는데
주인은 번번이 손을 내저어 가란다
두견새조차 이 야박한 인심을 아는 듯
수풀을 떠나 돌아가라고 울어대는구나

그러나 말 없는 청산과 임자 없는 유수만은 고독한 그의 심정을 알아 주고 달래 주었다. 그러기에 자연과 벗하여 살았고 다음과 같은 시도 남길 수 있었다고 여겨진다.

나는 청산을 향해 가는데
녹수야 너는 어디서 흘러오느냐

김삿갓에 얽힌 일화를 하나 소개하겠다. 그는 목적지도 없이 유랑을 하던 중에 어느 대감의 집에 들르게 되었다. 그 대감은 원근에 소문이 났을 정도로 유명한 구두쇠였다. 대감은 하인과 미리 수작을 해놓고 있었는데, 이는 다음과 같은 것이었다.

하인이 "인량복일(人良卜一)하오리까?" 하고 묻는다. 식
상(食上)하리까 하는 말은 밥상을 올려드릴까요? 하고 묻
는 말이다. 그러니 대감이 말한다. "월월산산(月月山山)하
거든." 월월산산은 붕출(朋出)의 뜻이니 친구가 떠나거든
올리라는 말이다.

글자를 파자하여 말장난을 하고 있으니 이를 모를 김삿
갓이 아니었다. 그에 걸맞게 한 대답이 있다.

"정구죽천(丁口竹天)이로다"

즉 정구죽천은 가소(可笑)롭다는 말의 파자이다.

대감은 이토록 남에게 아무것도 베풀지 않았던 것이다.
그는 재물을 모을 줄만 알았지 남을 위해 쓸 줄은 몰랐던
사람이다. 그는 수많은 금은보화를 기둥 밑에 숨겨 두고
있었다.

그런 일이 있은 얼마 후에 그 대감이 죽게 되었다. 그는
아들에게 유언을 하려 했지만 갑자기 혀가 굳어지는 바람
에 제대로 말을 할 수가 없었다. 금은보화를 기둥 아래 숨
겨 두었다는 것을 알리기 위해 "기… 기… 기…" 하다가
그만 숨이 꼴까닥 넘어갔다고 한다.

인간은 죽은 다음 죽기 직전에 생각하던 곳에 혼(魂)이
머물기 쉽다. 대감의 혼도 기둥으로 들어가 주령(柱靈)이
되었다. 그러다가 이 주령은 아들에게 재물이 있는 곳을

알리기 위해 그 집 강아지로 환생하였다.

아들은 죽은 아버지의 천도를 위해 스님 한 분을 집으로 모시게 되었다. 이때 강아지가 기둥 밑을 자꾸만 발로 파내면서 아들의 바지 가랑이를 기둥 쪽으로 끌고 가려 하고 있었다. 이를 본 스님이 말했다.

"기둥 아래를 파 보면 재물이나 귀한 물건을 많이 숨겨 두었을지도 모르겠습니다. 아버님의 혼백이 이 집 강아지로 태어나 재물이 있는 곳을 알려 주려는 것 같습니다."

과연 스님의 말에 따라 그곳을 파 보니 많은 재산이 항아리에 담겨져 묻혀 있었다.

스님은 강아지를 재물이 들어 있는 항아리 앞에 앉혀 놓고서 천도 법요식을 해 주었다.

"조문도면 석사가야(朝聞道 夕死可也)라, 아침에 도를 들으면 저녁에 죽어도 만족한다는 말이다. 네가 일찍이 재물에 탐심(貪心)을 잘 내고, 마음의 진심(瞋心)을 잘 냈으며, 자기 외에는 업신여기고, 어리석게도 자기가 제일 잘난 체하고, 제가 제일 많이 아는 체하고, 제가 제일인 체하여서 이 세 가지 체로 말미암아, 행주좌와(行住座臥)나 어묵동정(語默動靜)간에 삼체병에 걸려 어디로 가야 하는지를 모르기에 오늘과 같은 축생보(畜生報)를 받은 것이다. 너는 생종하처래(生從何處來)요, 사향하처거(死向何處去)

란 법구도 모르고, 금수와 같이 밥만 먹고 살다 죽으니 축
생보(畜生報)를 받았으며, 너는 삼체병을 진실로 참회하고
여하시도(如何是道)인가를 잘 알아서 너의 그 껍질을 해탈
하거든, 너의 본성(本性)인 성품, 즉 자성을 밝혀서 다음
생에는 인신(人身)을 재득(再得)하여서 불도를 잘 익혀 열
반락을 얻어라."

　김삿갓이 정구죽천이라고 한 뜻을 잘 음미해 볼 일이다.
죄를 짓고도 그를 알지 못하고 있다면 정말 가소로운 일이
아닐 수 없을 것이다.

밤에 나눈 사랑

조선조 숙종 임금 때의 일이다.

지금의 전북 고창군 고수면에 이만성(李晩成)이라는 노총각이 살고 있었다. 그는 홀로 되신 노모를 모시고 있었다. 가난한 그는 나이가 늦도록 장가를 가지 못한 처지였다. 그러나 노모에 대한 효성은 지극하였다.

어느 해 봄날의 일이었다. 그는 외롭고 울적한 마음에 술병을 들고 산으로 올라갔다. 아무도 없는 곳에 가서 술을 마시고 신세한탄이나 할 요량이었다.

산으로 올라간 그는 오랜 세월이 흐르도록 돌보아 주는 이가 없어 잡초 더미에 버려져 있는 무덤을 하나 발견했다. 그는 그 무덤이 자신의 처지와 비슷하다는 생각을 했다. 그는 술을 마시기 전에 잔에 그것을 따라 돌보아 주는 이 없는 외로운 무덤 속의 고혼을 애도해 주었다.

그날 저녁 그는 술이 잔뜩 취해서 늦게야 집으로 돌아왔다. 그가 방으로 들어왔을 때였다. 밖에서 애띤 여인의 목소리가 들려왔다.

"길을 잃은 사람입니다. 하룻밤 묵어 갈 수 있게 해 주십시오."

문을 여니 교교히 부서지는 만월(滿月)의 달빛 아래 꽃처럼 아름다운 자태를 가진 한 미인이 서 있었다. 그녀는 이만성의 방으로 들어와서 날아갈 듯이 그에게 인사했다.

"밤 이슬을 피해 갈 수 있도록 해 주시면 은혜를 잊지 않겠나이다."

그녀의 입가에 미소가 떠올랐다. 이만성의 입술이 저절로 벌어졌다. 꿈에도 장가들기를 소원했었는데 선녀같은 여자가 제 발로 찾아온 것이었다. 그는 그녀의 청을 거절할 이유가 없었다.

그녀는 방을 둘러보고 말했다.

"외람된 말씀이나 아직 결혼하시지 않은 것 같습니다."

"안 한 것이 아니라 못 한 것입니다."

"저도 같은 처지입니다."

그녀는 외로운 사람끼리 만나게 되었다는 것을 시사했다. 두 사람은 밤늦도록 도란도란 이야기를 나누었다. 그녀는 그가 잠이 든 새벽녘에 사라졌다. 눈을 떴다가 여인이 사라진 것을 알게 된 노총각은 혀를 깨물고 싶은 심정이었다. 어디 사는 누구인지를 알아두지 못한 것이었다.

그러나 실망할 필요가 없었다. 그녀는 이튿날 밤에 다시 모습을 나타냈기 때문이었다.

"낭자, 어젯밤에는 어찌 깨우지 않고 그냥 갔습니까?"

"곤히 주무시기에."

"어디에 사는 누구인지 오늘은 꼭 말씀을 해 주십시오."

"그것은 차차 아시게 될 것입니다."

그녀는 지금은 자신의 정체에 대해서 알려고 하지 말라는 말을 할 뿐 그의 의문을 풀어 주려고 하지 않았다. 그녀는 불을 켜는 것도 원하지 않았다.

"혼례도 올리지 않은 사이에 같이 있는 것을 누가 알게 되면 큰 허물이 될 것입니다."

그녀가 그렇게 말하니 두 사람은 어둠 속에서 속삭일 수밖에 없었다. 누가 먼저 원한 것일까. 마침내 두 사람은 운우지정(雲雨之情)을 나누었다. 그 직후에 잠에 곯아떨어졌다가 이만성은 그날도 그녀가 떠난 뒤에야 깨어났다. 그로부터 그녀는 매일 밤 그를 찾아왔다.

오늘은 잠을 자고 있지 않다가 꼭 그녀의 뒤를 따라가 보겠다고 결심을 하지만 그녀가 떠날 때면 언제나 잠에 빠져 있게 되어 매번 미행을 할 수 없게 되는 것이었다. 그녀는 어둠이 짙어지면 나타나서 장닭이 울고 나면 떠나갔다. 이럴 즈음 마을에는 이만성이 귀신에 홀려 다 죽어간다는 소문이 나돌게 되었다.

그의 몸은 어느 사인엔가 몰라볼 정도로 야위어 갔다. 뼈와 가죽만 앙상하게 남은 그는 생기를 잃어 초점이 잡히지 않는 눈을 번뜩였다. 그의 홀어머니는 갑자기 아들이 이름도 모를 병이 들어 몸이 야위어가자 아들 살려 달라고 통곡을 할 뿐이었다. 마을 사람들은 이구동성으로 말했다.

"몸에 든 병이 아니라 마음에 든 병이다. 만성이를 살리려면 대광 스님을 모시고 와야 해."

대광 스님은 바위굴에서 십 년 동안 눕지도 않고 선정(禪定)을 닦으신 법력 높은 고승이었다. 마침내 기별을 받은 대광 스님이 하산했다. 그는 만성의 집 사립문 앞에 다다르자, 번쩍이는 법장(法杖)으로 땅을 두들기며 뇌성같은 음성으로 일갈했다.

"음기가 가득하구나!"

이윽고 밤이 되자 대광 스님은 정좌하고서 육안(肉眼)을 닫고 심안(心眼)으로 대낮과 같이 집안 구석구석을 살폈다. 밤이 이슥하니 과연 뒷산 쪽에서 처녀가 내려와 만성의 방문을 열고 교태를 지어 보이는 것이 보였다.

여자가 만성에게 하는 말소리가 들려 왔다.

"오늘은 저의 집으로 모셔 가겠어요."

만성의 혼백을 불러 데려가려는 수작이었다. 대광 스님이 목청을 높여 망령을 꾸짖었다.

"이승과 저승이 다르거늘 네가 어찌 여기까지 와서 수작을 부리느냐?"

처녀는 기겁을 하여 뒷산으로 도망쳤다. 뒤를 쫓아가 보니 그녀는 이만성이 예전에 술을 부어 조상하였던 주인 없는 무덤 속으로 들어가는 것이었다.

날이 밝았을 때 대광 스님은 대다라니(大陀羅尼)를 송주(誦呪)했다. 마을 사람들이 무덤을 파헤치니 관 속에 모란 꽃처럼 어여쁜 처녀가 누워 있었다. 하나도 썩지 않은 그녀의 시신은 마치 잠을 자고 있는 것 같았다.

대광 스님은 천혼재를 베풀었다. 처녀의 시신을 화장하여 흐르는 냇물에 뿌려주자 만성의 눈빛은 생기를 되찾기 시작했다.

이처럼 죽어서도 이승을 떠나지 못하고 무명에 집착해 있는 귀신들이 있다는 것을 알아야 할 것이다. 이승을 떠나서도 이승에 대한 한(恨)을 버리지 못하고 헤매고 있는 영혼들을 바른 법으로 일깨워 좋은 곳으로 왕생할 수 있도록 천도하는 것은 곧 번뇌와 무명에 싸여 망상 속에서 헤매고 있는 산 사람을 구원하는 방법이기도 하다.

장로의 며느리

　서울의 연건동에 박장로가 살고 있었다. 그의 집안은 열렬한 기독교 신자였다. 박장로에게는 아들이 한 명 있었다. 아들은 장래를 약속한 애인을 두었는데 공교롭게도 아들의 애인은 불자(佛者) 가정에서 자라난 처녀였다. 박장로는 종교가 다른 처녀를 며느리로 맞이하고 싶지 않았으나 아들이 그녀가 아니면 결혼을 절대로 하지 않겠다고 우겼기 때문에 마지못해 허혼(許婚)하였다.

　며느리에게 병이 난 것은 결혼을 한 지 1년 정도 지났을 때였다. 우연히 아프기 시작하더니 좋다는 약을 다 쓰고 병원에 입원 치료까지 시켜보았으나 모두 효험이 없었다.

　교우들이 다 모여 기도를 하고 찬송가를 부르며 마귀를 쫓아내기 위해 법석을 떨어보아도 효험이 없기는 마찬가지였다. 안수 기도도 소용이 없었다.

며느리의 병은 날이 갈수록 깊어만 갔다. 박장로는 한숨을 내쉬며 며느리에게 말했다.

"너 무슨 하고픈 말은 없느냐?"

며느리가 대답했다.

"아버님께서 그렇게 물으시니 말씀드리겠습니다. 저희 친정집은 대대로 불교 집안으로서 길흉간에 크고 작은 일이 있을 때마다 절에 가 부처님께 불공을 드렸습니다. 그러면 무사히 넘길 수가 있었습니다."

"……"

"얼마 전에 저의 친정어머님께서 절에 찾아갔더니 스님께서 말씀하시길 이 집안에 익사한 원귀가 있으니 그를 천도해 주어야만 저의 병이 나을 것이라 하셨답니다. 그러나 이 댁은 기독교 신자 집안이므로 통할 수 없는 일이라 감히 말씀을 드릴 수가 없었습니다. 이것을 말씀드리면 미신이라고 일축해 버리실 것도 같았고……"

며느리의 말을 들은 박장로는 눈을 감고 조용히 생각에 잠겼다. 아닌 게 아니라 보통 일이면 미신이라고 일축하여 버리겠는데 거의 사경에 이른 며느리의 말이니 그를 외면했다가 행여 잘못되기라도 하는 날이면 그것이 천추의 한이 될 것 같았다. 생각이 이에 미치자 내키지는 않았지만 죽은 사람 소원도 들어준다는데 어찌 며느리의 소원을 외면할까 싶어 결단을 내렸다.

"알았다. 네 소원이라면 천도재를 올려주기로 하자."

이렇게 하여 큰스님을 청해다가 설법하였더니 과연 거짓말처럼 병이 나았다고 한다.

생사가 육신을 통하여 넘나드는 현상계에서는 주고받는 물질의 인과가 다람쥐 쳇바퀴 돌듯 한다. 선과 악에 따라 밝고 어두움이 있듯 천도를 시켜 줄 부처님이 시방삼세에 계시고 천도를 받고자 하는 영가가 분명히 있게 마련이다. 그러므로 7·7재도 지내고, 100일재도 지내며, 소·대상제도 지내게 되는 것이다.

제3부 영계에서 온 통신

죽었다가 살아난 사람들

불교에서는 깨달음을 얻으면 늙고 죽음이 없는 무노사(無老死)와 늙고 죽음이 다함까지 없는 역무노사진(亦無老死盡)의 경지에 이를 수 있다고 가르쳐 왔다. 나아가서 생기는 것도 아니고 없어지는 것도 아닌 불생불멸(不生不滅)의 경지에 들어갈 수도 있는 것이다.

이는 모두 영혼이 존재하고 있다는 것과 이승에서의 명이 다하면 영계적 삶이 기다리고 있다는 것을 전제로 하여 궁극적인 구원의 실상을 제시하고자 한 것들이라고 할 수 있다.

그런데도 과연 인간이 이생에서의 생을 끝내면 그것으로 그만인지, 사후에는 영계적 삶을 살게 되어 있는 것인지에 대해 단정적으로 말할 수 있는 사람은 없을 것이다.

그러나 영혼이 존재한다고 믿는 사람이 그렇지 않다고

믿는 사람보다 더 많다. 그리고 오래 전부터 모든 종교에서 주장해 온 영혼의 세계를 부정할 만한 절대적인 이유가 존재하고 있는 것도 아니다.

현대의학으로 완전히 죽었다는 선고가 내렸던 사람이 기적적으로 소생을 한 예가 많지는 않지만 전혀 없는 것은 아니다. 그들 중 일부가 비몽사몽간에 영계를 다녀왔다는 말을 하고 있다.

마틴이라는 이름을 가지고 있던 한 부인의 증언이다.

"나는 병원에 입원해 있었지만 아무도 내가 왜 이렇게 아픈지 알아내지 못했어요. 의사가 나에게 주사를 놓았는데 그 주사가 큰 부작용을 일으켰지요. 그 직후 의사는 나를 살리려고 애쓰다가 어딘가로 전화를 걸더군요. 의사는 소리를 질렀어요. '마틴 부인이 죽었어요' 라고. 나는 그 소리를 분명히 들을 수 있었고 내가 죽지 않았다는 것을 알고 있었어요. 나는 몸을 움직여서 의사에게 내가 죽지 않았다는 것을 알리려고 했지만 도저히 움직일 수가 없었어요. 의사들이 나를 도로 살리기 위하여 하는 모든 행위와 말들을 모두 들을 수 있었지만 주사 바늘이 내 몸으로 들어가는 것과 나를 만지는 것은 느낄 수가 없었어요. 나 또한 그들을 만지려고 했지만 마치 그림자가 벽을 스치는 것처럼 아무것도 느껴지지가 않았어요."

그녀가 죽었다는 선고를 의사가 내렸었다는 사실을 주의해 볼 필요가 있을 것이다. 의학적으로는 죽었지만 육체에서 빠져나온 혼은 잠시 동안 자신의 시신 위를 맴돌며 죽은 자기의 육신 주위에 모인 사람들을 볼 수 있으며 그들의 이야기를 들을 수 있을 뿐 아니라 그들의 마음 속까지도 꿰뚫어 볼 수 있다는 사실을 미루어 짐작할 수 있다.

이렇게 사람이 죽으면 영혼이 몸에서 분리되어 나오며 그 영혼은 저승으로 떠나기 전에 얼마 동안 자기가 살았던 곳의 공간에 머무른다고 한다. 이때 영혼은 병고에 시달린 고통이나 사고로 인하여 부서진 육체의 치명적인 아픔 등으로부터 해방되어 지극히 평온함을 느끼게 된다.

베트남 전쟁에서 치명적인 부상을 입고 고통받다가 죽었던 한 병사가 기적적으로 소생하여 다음과 같은 말을 했었다.

"나는 몹시 심한 아픔을 느끼고 있었는데 의사가 나의 가족들에게 내가 죽었다는 말을 한 직후에 고통이 사라지고 편안해졌어요. 마음이 포근해지면서 기분이 아주 좋아졌어요."

그런가 하면 피가 응고되지 않아 내출혈로 죽었다가 살아난 한 부인은 이렇게 말했다.

"어떤 음악소리가 들리기 시작했어요. 매우 웅장하고 정말로 아름다운 음악이었어요."

육신이 죽고 영혼이 새로 태어나는 순간의 변화는 이렇듯 육신의 고통이 사라진다는 것이 한 특징일 것이다. 그리고 사람에 따라 다르기는 하지만 음악소리를 듣게 되거나 종소리를 듣거나 파도소리나 새소리를 듣는 경우도 있다고 한다.

영혼이란, 육체 속에 깃들어 있던 진공유의 실체로 일체를 벗어난 이후에도 소멸되지 않는다. 영혼과 육체 사이에는 은철사처럼 가늘고 부드러운 실로 연결되어 있어서 이 끈이 완전히 끊어지기 전까지는 비록 영혼이 육체 밖으로 나왔다고 하여도 다시 살아날 가능성이 있으며, 죽었다가 다시 살아나는 경험을 한 많은 사람들은 영혼과 육체를 잇는 이 선을 통하여 다시 결합해서 목숨이 돌아왔다는 것을 증언하고 있다. 일단 이 실이 끊어지면 다시는 이을 수 없고 영원한 저승객이 되는 것이다.

인간은 누구나 육체와 영혼을 지니고 있지만 영혼의 중요성을 육체만큼 중요하게 생각하지 않는다. 사람들은 살아가는 목적을 육체적인 것에만 두고 있기 때문에 영혼이 육체를 벗어나는 어두운 길을 따라서 이탈해 나갈 때 커다란 놀라움을 느끼며 더 나아가서 육체를 벗어나서 자기의 죽은 몸과 주변상황을 마치 텔레비전이나 영화를 보는 것처럼 구경하게 되었을 때도 그다지 죽음이라는 것을 인식하지 못하고 마치 살아있는 듯한 착각에 빠지게도 되는 것이다. 이승에서 종교를 통해 내세를 준비한 사람이라면 죽음을 쉽게 받아들일 수 있지만 대부분의 사람들은 그렇지 못하다.

그래서 사람마다 차이가 있기는 하지만 죽은 후 얼마 간의 기간이 흐르면 대개는 주위에 다른 영혼이 있음을 알게 될 것이다.

"나는 아이를 낳을 때 분만이 제대로 진행되지 않아 많은 피를 흘렸어요. 의사는 나를 포기했고, 친척들은 내가 죽었다고 얘기했어요. 그런데 정작 이런 모든 일이 벌어지고 있는 동안 내 정신은 말짱했어요. 의사는 내가 죽었다고 했지만 나는 내가 살아 있는 것으로 느꼈어요. 이때 나는 많은 사람들이 천장 주위에서 배회하고 있는 것을 볼 수가 있었어요. 그들은 전에 내가 알았던 사람들이었는데 벌써 오래 전에 죽었던 사람들이었어요. 거기엔 우리 할머니도 있었고, 학교 다닐 때 알았던 친구와 친척들이 있었어요. 그들은 모두 나를 반가워하는 것 같았어요. 나는 그들이 나를 보호하고 인도하기 위해서 온 것이라고 느낄 수 있었어요."

대개 죽었다가 살아 돌아온 사람들은 투휘광체를 만났

다는 것을 공통적으로 진술하고 있다. 그 빛은 작은 반딧불 같은 것이었는데 곧 아주 빠르게 환해져서 천백억 개의 태양보다도 더 밝은 발광체였다고 한다.

"그 빛은 너무도 아름답고 환하게 빛났습니다. 그렇지만 눈이 부시지는 않았습니다. 그것은 지상에서 쓰는 말로 표현할 수 있는 그런 종류의 빛은 결코 아니었습니다. 그 빛은 특별한 개성을 지니고 있었습니다. 완전한 이해와 자비의 빛이었습니다."

꿈 속에서의 30분이 평생을 담을 수 있는 것처럼 그 빛은 찰나지간에 자신의 일생을 마치 비디오나 영화에서 보는 것처럼 볼 수 있게 해 준다. 빛은 죽은 자로 하여금 자신의 전 생애를 볼 수 있도록 해 주는데 바로 이 순간이 양심의 가책 내지 살아온 날에 대한 만족이나 부끄러움 등을 되새겨 보는 반성의 시간이 된다.

"그 빛이 나타났을 때 그 빛이 나에게 물어본 것은 '당신이 일생 동안 행한 것 중에서 무엇을 나에게 보여 주겠습니까?' 하는 것이었어요. 바로 이때 지난 날의 회상 장면이 펼쳐졌어요. 마치 내 일생을 비디오로 녹화해 두었다가 틀어 주는 것 같았어요."

이와 같은 현상은 죽었다가 살아난 사람들이 증언한 죽음 초기의 현상들이다. 그 이후는 완전히 죽은 사람들만이

경험할 수 있는 것이기에 여전히 신비의 베일에 싸여 있다. 육신은 죽어도 영혼은 불멸한다는 것을 어렴풋이 짐작해 볼 수 있을 것이다.

영혼의 세계가 눈에 보이지 않는 가시(可視)거리 밖에 존재하고 있고 과학으로도 명쾌하게 증명할 수 없다고 하여 그 존재를 부정하거나 믿지 않는 것은 육신의 쾌락에 집착해 있는 사람들이 자신의 행동을 합리화시키기 위해 그렇게 하는 것이다. 욕망에 따라 쾌락만을 추구하면서 사는 사람들 때문에 이 세상이 점점 더 지옥처럼 되어가고 있다. 사후에 심판이 기다리고 있다는 것을 믿으면 사후의 구원은 물론이거니와 당장 이승에다가 극락을 건설할 수도 있다고 믿는다.

사자(死者)와의 교신

제2차 세계대전 중에 미국의 영화배우 에디 브라켄은 각 전선으로 위문공연을 많이 다닌 사람이다. 낮에는 공연으로 바쁘지만 밤이 되면 별로 할 일이 없어져서 무료하게 보내기 마련이었다고 한다. 그가 괌도로 위문공연을 갔을 때의 일화이다.

브라켄은 공연이 끝난 어느 날 밤 무료함을 달래기 위해 일행에게 '위저반 놀이'를 제의했다. 그것은 바퀴가 달린 널빤지 위에 손을 얹고 있으면 그 널빤지가 저절로 움직여서 사자(死者)로부터 갖가지 통신이 와 글씨로 나타나게 된다는 놀이였다. 물론 과연 사자가 메시지를 보내 주게 될지 아닐지에 대해서는 확신이 서지 않은 채로 시도만 해보는 놀이였다.

브라켄은 위저반을 만들었다. 그런 다음 일행에게 차례

로 손을 얹고 실험을 하도록 하였다. 처음에는 별 신통한 결과가 나타나지 않았다고 한다. 그런데 맥신 콘라도라는 젊은 여배우가 위저반에 손을 올려놓자 반응이 나타났다. '가지 말라'는 글씨가 나타났다. 물론 어느 곳을 가지 말라는 뜻인지 알 수는 없었다.

이로부터 사자와의 글씨를 통한 대화가 시작되었다.

"이 메시지를 보내고 있는 사람은 누구인가?"

"찰스 코프."

"너는 살아 있는가, 죽었는가?"

"죽은 몸이다."

"어디 출신인가?"

"시카고 태생이다."

"언제 죽었는가?"

"1944년 7월 26일이다."

"어떻게 해서 죽었는가?"

"꽘도 진공할 때 죽었다."

"지금은 어디에 있는가?"

"Agana N. C. 의 17-323에 있다."

당시에는 그 말의 뜻이 무엇인지를 알 수가 없었다.

그러나 이튿날 다음 공연지를 향해 차를 몰고 가다가 브라켄 일행은 Agana N. C. 라고 쓰여져 있는 도로 표지판

을 발견하게 되었다. 그곳은 국립묘지의 안내판이었다. 즉
사자(死者)는 묘지에서 메시지를 보냈다고 볼 수 있었다.
조사를 해본 결과 찰스 코프라는 시카고 출신 병사가 그곳
국립묘지의 17열 323번째에 묻혀 있다는 것이 밝혀졌다.

　일행은 괌도에서 공연을 마치고 사이판으로 갔다가 유
황도로 갈 스케줄이 잡혀 있었다. 그런데 유황도로 출발하
기 직전에 예정이 변경되어 사이판에서 며칠을 더 묵게 되
었다. 만약 그 스케줄을 변경하지 않았더라면 그들은 죽었
을 것이다. 왜냐하면 그들이 타기로 되어 있었던 항공기가
도중에서 폭격을 받았다는 것을 나중에 들었기 때문이었
다. 비로소 교신의 서두에서 '가지 말라'고 했던 말의 의
미를 알게 되었다.

　심심풀이로 시작했던 '위저반 놀이'의 덕분으로 목숨을
구할 수 있었던 위문단 일행은 사람이 죽어도 혼령이 남아
우리가 살아 있는 공간을 떠돌아 다닐 수 있다는 것을 믿
지 않을 수 없었다고, 에디 브라켄은 술회했다.

자유로운 영혼

파라만사 요가난다는 20세기의 가장 위대한 요가 수행자로 꼽히는 사람이다. 그의 스승은 스리 유크라데스였다. 유크라데스는 세상을 떠난 뒤에 영혼체로서 제자인 요가난다에게 나타나 저승세계에 대한 이야기를 들려 주었다고 한다.

요가난다가 유크라데스에게 물었다.

"스승이시여, 어떻게 저를 두고 혼자 가셨습니까?"

그러자 유크라데스의 영혼체가 대답했다.

"나는 너와 잠시 헤어져 있는 것일 뿐이다. 너도 언젠가는 내가 있는 곳으로 오게 될 것이다."

"당신이 정말 저의 스승님이신가요? 스승님은 제가 프리의 정원에 매장한 그 육체와 같은 모습을 하고 계신가요?"

"그렇다. 네가 매장할 때와 같은 몸으로 이승이 아닌 저승에서 살고 있다."

"스승님이 살고 계신 그곳은 어디에 있습니까?"

"이곳은 히라니야로카 또는 성부 저승 세계로 불리는 곳으로 생전에 수행과 수도를 많이 하여 영혼이 정화된 사람들만이 올 수 있는 곳이지 아무나 오는 곳이 아니다."

이어서 유크라데스는 히라니야로카의 모습과 영적 삶에 대하여 다음과 같이 들려 준다.

히라니야로카는 빛과 색채의 여러 가지 미묘한 파동으로 이루어져 있으며, 이승보다 수백 배나 큰 곳으로서 낮과 밤의 길이도 이승보다 길다. 무한히 아름답고 청결하고 순수하며 질서정연한 세계이다. 이승에는 기후와 계절의 변화가 있지만 이곳은 항상 온화한 봄날씨이고 때때로 빛나는 흰눈이나 다채로운 빛의 비가 내린다. 오팔로 된 호수와 바다와 무지개의 강이 많이 있다.

악업이 많은 영혼은 한정된 지옥에 갇혀 살며 사악한 업을 보상해야만 한다. 그들은 음울한 하층에서 고통과 고난의 나날을 보내야 하지만 이곳은 평등과 행복이 있고, 사람들은 그 모습을 자유롭게 창조 변화시키기도 하고 구속되는 일이 없고 만일 원한다면 어떤 나무에도 생각대로 꽃을 피우게 하고 열매를 맺게 할 수도 있다.

이곳 사람들은 순수한 직감에 의하여 보고 듣고 냄새맡고 맛보고 만진다. 오관을 지니고 있으나 어떤 오관으로든지 각각 다른 기관의 기능을 훌륭히 해낸다. 즉 코로도 볼 수 있고 느낄 수도 있다는 말이다.

땅 위의 사람들은 육체를 상처 입히거나 불구가 되기도 하나 이곳에서는 때로 잘리거나 상처를 입더라도 그 상처를 치료하려는 생각만 하게 되면 그 생각만으로도 즉시 회복이 된다.

땅 위에 사는 인간들이 특별한 날 나들이옷을 차려 입듯이 이곳에서도 특별히 디자인한 옷으로 화려하게 꾸미는 경우도 있다.

이곳에 있는 영혼체들은 땅 위의 인간활동을 꿰뚫어보고 있으며, 땅 위에 몇 번 태어나면서 서로 부부, 부모자식의 관계를 맺어 왔던 사람들의 영혼이 더 이상 윤회를 하지 않고 있음도 알게 된다.

그리고 이곳에 있는 이들의 수명은 땅 위의 인간보다 훨씬 길어서 5백 년에서 천 년을 사는 것이 보통이다. 또 어떤 영혼은 이곳에서 다른 영혼보다 훨씬 오래 사는 경우도 있으며 때로는 비교적 짧은 기간 동안 이곳에서 머물다가 특정 기간 안에 다시 지상 세계에 태어나기도 한다.

이곳보다 더 위의 세계는 말로는 형언해 보일 수 없는

현묘한 세계로서 상념대로 자유자재로 무엇이든 창출시킬 수 있는 세계이다. 더 높은 윗세계로 빠져나간 영혼은 영원히 상대성의 법칙에서 해방되고 밤의 세계를 초월한 영겁으로 화(化)하게 되며 빛이 없는 빛의 나라, 사상이 없는 사상의 나라에 머물게 되는 것이다. 그것이 진정으로 자유로워진 영혼이다.

영계에서 온 통신

S. G. 솔이라는 사람은 영국의 심령연구가이다. 그는 인간과 영혼을 접속시키거나 중개할 수 있는 영매자(靈媒者)로 알려져 있다. 그는 대학에서 심령과학에 대한 강의를 담당하고 있었다.

한편 헤스터 루덴이라는 이름을 가진 부인은 자동서기를 할 수 있는 여자였다. 자동서기란 펜을 들고 있으면 죽은 사람의 영혼이 그 손끝에 작용하여 영혼의 생각을 기술하는 것을 말한다. 그녀는 오스카 와일드의 영혼이 보내주는 통신을 자동서기했던 여자로 널리 알려져 있다.

S. G. 솔은 오스카 와일드의 메시지를 채록한 헤스터 루덴의 도움을 받아 《오스카 와일드의 영계통신》이라는 유명한 심령과학에 관련된 책을 저술한 바 있다. 그 책에 기록되어 있는 것을 여기에 옮긴다.

"당신은 누구지요?"

"나는 불쌍한 오스카 와일드이다. 현세에서는 제멋대로 삶을 누린 사나이다. 여기는 어슴푸레한 영혼의 세계이다. 나는 이 어슴푸레한 세계를 영원히 헤매지 않으면 안 된다. 그러나 나는 알고 있다. 현세에는 낮과 밤이 있다는 것을, 씨를 뿌릴 때와 거두어들일 때가 있다는 것을."

오스카 와일드는 아일랜드 태생의 시인이며 극작가였다. 죽은 그가 영계에서 자동서기가 가능한 헤스터 루덴 부인을 통해 메시지를 보내온 것이었다.

헤스터 루덴 부인은 단도직입적으로 물어보았다.

"당신이 정말 오스카 와일드인가?"

"그렇다. 나는 분명 오스카 와일드이다."

"그렇다면 당신 형제의 이름과 모친이 사용한 필명이 무엇인지 알고 있는가?"

"내 형제의 이름은 킬리암 윌리이고, 어머니의 필명은 스페렌자다."

이는 사실과 부합하는 내용이었다.

헤스터 루덴이 다시 물었다.

"스페렌자라는 필명을 사용했던 와일드 부인은 자칭 시인으로서 약간 정신이 이상했던 여자라고 들었는데, 사실인가?"

"우리 어머니를 헐뜯지 말라. 나는 어머니를 존경하고 있다."

"알았다. 나에게 통신을 보낸 이유는 무엇인가?"

"오스카 와일드가 결코 영원히 죽지 않았다는 것을 세상에 알리려는 것이다."

그로부터 오스카 와일드는 자기의 생각을 알리거나 자기가 고심하여 알고 싶어하는 인간의 마음 속에 있는 일 따위들에 대한 질문 등을 하면서 통신을 계속했던 것으로 책에는 기록되어 있다.

오스카 와일드는 자기가 어슴푸레한 곳에 있기 때문에 정신마저 흐리멍텅해져서 사고력이 도무지 작용하지 않는다는 불평을 하기도 하였다. 그리고 자기가 그런 곳에 처하게 된 것은 사회의 인습으로 인해 희생을 당했기 때문이라는 통신도 보내왔다.

"내 머리는 마치 녹슨 자물쇠처럼 되어버렸다. 삐걱거리기만 하지 통 열리지가 않는다."

이 말은 저승으로 간 영혼이 이승에서의 사회적인 인습에 묻혀 지내다가 보면 더 이상 발전이 없다는 것을 증명해 주고 있다.

육신은 죽지만 영혼은 존속한다.

제4부 빙의된 혼령

세스꼬의 병

오사카(大版)에 사는 고미야 세스꼬는 우연히 위(胃)에 병을 얻었다. 도대체 무엇을 먹을 수가 없었다. 억지로 음식을 먹으면 위가 뒤틀리게 되고 결국 먹은 것을 다 토하고 나서야 진정이 되는 것이었다.

병원에서는 특별한 증상이 나타나지 않기에 신경성이라는 진단을 내렸다. 처방전에 따라 투약을 하고 꾸준히 치료를 계속했지만 전혀 차도가 없었다. 그렇게 10개월이 지나는 동안 어느 새 뼈와 가죽만 앙상하게 남았을 정도로 몸이 비쩍 말라 버리고 말았다.

이럴 즈음 도쿄(東京)에서 그녀의 동생이 결혼을 하게 되었다. 그녀는 비행기를 타고 상경하였다. 몰라보게 야윈 딸의 모습을 본 그녀의 친정어머니는 깜짝 놀랐다.

"아니, 몸이 이 지경이 되도록 그대로 두었단 말이냐. 병원에 가서 치료를 받아야지!"

"병원에야 갔었죠. 다 소용없었어요. 아무리 좋다는 약을 먹어도 병이 낫지를 않으니 아무래도 죽으려나 봐요."

"못하는 말이 없구나. 어떻게 해서든 고쳐야지 죽는다는 말을 하면 어떻게 해!"

"고치기 싫어서가 아니라 방법이 없으니까 그렇죠."

아무래도 예삿일이 아니었다. 현대의학으로 고칠 수 없는 병이라면 귀신이 씌웠는지도 모를 일이었다. 다른 영혼이 딸의 몸에 기생하고 있을 가능성에 대하여 생각이 미친 그녀의 어머니는 세스꼬를 데리고 수장요법을 쓸 줄 아는 선생에게 데리고 갔다.

선생과 세스꼬가 마주앉아 수장요법을 펼치자 그녀는 감고 있던 눈에서 눈물을 흘리며 머리를 가누지 못하고 갑자기 쓰러질 듯이 몸을 기울이는 것이었다.

선생이 그녀에게 물었다.

"어떻게 된 일입니까?"

"모르겠어요. 갑자기 머리를 가눌 수 없게 되더니 쿵하는 소리가 들리는 것 같다가, 몸이 거꾸로 뒤집힌 듯한 느낌이 들었어요."

비행기를 타고 있다가 추락할 때 느끼는 현상이었다. 선생이 다시 물었다.

"친척 가운데 누군가 비행기 사고로 작고한 분이 계십니까?"

그럴 만한 사람이 떠오르지 않았다.

"없어요."

"잘 생각해 보십시오."

그녀는 고개를 가로저을 뿐이었다. 선생은 비행기 사고로 죽은 영혼이 그녀의 몸에 들어와서 기생하고 있다며 이에 따라 그 영혼을 몰아내는 의식을 치렀다. 비로소 영이 이탈해 나갔는지 무겁던 머리가 가벼워지면서 모처럼 식욕이 돌아왔다. 음식을 먹어도 아프지 않게 되었다.

집으로 돌아온 세스꼬는 남편 고미야(小官)에게 그간의 경과를 자세히 들려 주었다.

"아무리 생각해도 우리 집안에는 비행기 사고로 죽은 사람이 없는데 이상한 일이에요."

아내의 말을 듣고 있던 고미야는 잠시 생각에 잠기더니 말했다.

"혹시 야마구찌(山口) 소위의 영혼이 아니었을까?"

고미야는 눈을 감았다. 그의 망막에 1945년 종전이 되기 직전 어느 날의 일이 생생하게 떠올랐다.

공군 조종사였던 고미야 중위가 시험비행을 하기 위하여 비행기에 탑승하려고 할 때 그의 부하인 야마구찌 소위가 달려와서 말했다.

"중위님, 오늘은 제가 탑승하면 안 될까요?"

고미야 중위는 부하에게 경력을 쌓을 수 있는 기회를 제공해 준다는 면에서 이의없이 말했다.

"그것도 괜찮겠지."

그런데 비행기는 날아오르자마자 엔진에 고장이 난 듯 급강하하여 그만 바닷속으로 떨어지는 사고가 발생했다. 야마구찌 소위는 추락하는 비행기 안에서 탈출하지 못하고 그대로 순직하고 말았던 것이다.

고미야는 눈을 뜨며 말했다.

"그때 야마구찌 소위가 나를 대신하여 죽었던 거야. 내가 탑승을 했다면 야마구찌 대신 내가 죽었을 것이 분명하니까."

아마도 야마구찌의 영혼은 허공을 떠돌다가 구원을 받기 위하여 고미야 중위의 부인인 세스꼬에게 기생했는지도 모른다. 세스꼬 내외는 따로 지극 정성을 다해 야마구찌의 혼령을 천도해 주었다. 그로부터 그녀의 병은 씻은 듯이 나았으며 재발하지도 않았다.

태어나지 않았던 생명체도

　서울에 살고 있는 김명숙은 올해 나이 서른 셋의 젊은
가정주부였다. 그녀는 이층으로 올라가다가 가슴이 심하
게 두근거려 그만 계단에 주저앉고 말았다. 얼굴과 등골에
서 식은땀이 솟구치더니 온몸이 땀으로 범벅이 되었다.

　이런 증세가 처음 나타난 것은 벌써 4년 전이었다. 집안
에서 일을 하거나 2층에 올라가는 도중에 불시에 심장이
불규칙하게 뛰며 마구 두근거리기 시작하는 것이었다. 졸
도를 할 정도는 아니었지만 그렇게 되면 그 자리에 주저앉
아야 했다. 식은땀을 흘리며 시간이 좀 지나야 가까스레
진정이 되는 것이었다.

　병원에서는 그녀에게 심장병이라는 진단을 내렸다. 그
러나 그 심장병은 아무리 좋은 약을 먹거나 의사의 지시에
따라 철저하게 병을 고치기 위한 노력을 기울여도 좀체 낫

지 않았다. 그저 조심하는 것이 최선일 뿐이었다. 갑자기 쓰러져서 죽지 않으려면 발작이 일어나지 않도록 세심한 신경을 쓰는 수밖에 없었다. 가족들은 그녀를 매우 위했고 그녀 자신도 무척 조심했지만 언제 어디에서 발작이 일어날지 몰라 늘 불안한 마음을 가지고 살고 있었다.

현대 의술로는 그녀의 병을 고칠 수 없는 모양이었다. 고치기는커녕 병원엘 열심히 다녀도 병세가 조금씩 조금씩 악화되어 가고 있는 터였다. 그녀의 신경은 갈수록 쇠약해지고 신경이 쇠약해지니 숙면을 취할 수 없게 되었고 불면증에 시달리면서 또한 심장병은 날로 위중해 갔다. 그녀는 죽을지 모른다는 공포 때문에 한 스님을 찾아가서 자신의 불행에 대하여 호소를 했다.

스님이 그녀에게 물었다.

"전에 심장이 약하다는 말을 들은 적이 있나요?"

"아니에요. 자랄 때는 누구보다도 강했어요. 심장이 약해진 것은 후천적인 일이에요."

"갑자기 나빠졌다는 말인데, 갑자기 나빠진 것 같아도 원인 없는 결과는 없는 것이오. 그리고 몸의 병은 전생이나 지난 과거의 업 때문에 비롯되는 수가 많지요. 의사들은 몸을 무리하게 했거나 작은 고장을 방치하여 크게 악화시키는 것이라고 하겠지만 마음으로부터 병이 오며 업의 결과로 병은 발생한다는 것이 내 생각이오."

그녀는 스님의 말씀을 듣자 자신의 과거를 돌아보았다. 누구에게 악한 일을 한 기억은 없었다. 나 잘되자고 남을 곤경에 빠뜨린 적도 없었고, 남을 속인 일도 없었다.

오히려 그 반대라고 할 수 있었다. 그녀는 남에게 거친 말은커녕 모진 말도 하지 못하는 착한 마음을 가지고 있었으며, 딱한 처지에 놓인 사람을 보면 측은지심을 내어 도와 주려고 노력해 온 사람이었다.

그녀의 내면 깊숙한 곳에 숨겨 둔 그녀만의 비밀이 하나 있기는 있었다. 그녀는 지금의 남편과 결혼하기 전에 혼전 관계를 가졌었고, 피임을 철저하게 할 수 있을 만큼 그런 일에 익숙치 않았기에 그만 임신을 했었던 것이다. 당시 두 사람은 결혼식을 올리고 부부가 되기에는 여건이 너무 좋지 않았다. 두 사람은 중절수술을 한 다음 아이는 결혼식을 올리고 떳떳한 상태가 되었을 때 낳아 기르자고 합의할 수밖에 없었다.

그녀는 벌써 10여 년 전의 일이었지만 소파수술을 받을 때의 기억을 하나도 잊지 않고 있었다. 의사는 그녀가 완전히 마취되기를 기다리면서 수술 도구들을 점검하고 있었다. 메스와 가위들이 부딪치던 금속성의 소리는 결코 큰 것이 아니었지만 그녀의 귓속으로 파고들어서 그녀를 전

율케 만들었고 그 소리는 지금까지도 남아 선명하게 떠올
릴 수 있는 것이 되었다.

의식이 돌아왔을 때 느껴지던 예리한 통증과 허전함도
그녀가 살아있는 한 결코 잊지 못할 것이다. 무엇보다 그
녀를 참을 수 없게 만들었던 것은 죄책감이었다. 태어나지
도 못할 생명을 회태했다가 죽인 데 따른 죄책감은 거의
그녀를 살고 싶지 않게 만들었다.

'벌을 받을 것이다. 벌을 받아야 마땅해. 나중에 무슨 잘
못되는 일이 있으면 그 벌을 받는 것이라고 생각하면 틀림
없을 거야.'

그런 생각을 하고 나자 겨우 마음을 수습할 수 있게 되
었다. 벌을 달게 받겠다는 생각을 하게 되자 죄책감에서
헤어나게 되었던 것이다.

그렇다면 지금의 심장병이 그때의 벌을 받는 것이 아닐
까. 그녀는 식은땀이 솟구치는 것을 알았다.

"안색이 몹시 좋지 않군요."

"스님, 방금 제가 지난 날 벌을 받아도 마땅한 죄를 지었
던 사실을 떠올릴 수 있었어요."

"그게 무엇입니까?"

"……."

"말씀을 해 보십시오."

"스님, 말씀드리기 부끄럽습니다. 저는 결혼을 하기 전에 임신을 했던 적이 있어요. 그때 중절수술을 받았던 거예요."

"중절은 살인과 조금도 다름이 없습니다. 정녕 그 원한 때문에 탈이 난 것인지도 모르겠습니다. 중절아의 영혼이 보살님의 몸으로 들어와서 몸을 아프게 하는지도 모르니 그 아이의 영혼을 지극정성으로 천도해 주십시오."

"미처 다 생기지도 않았던 생명체였을 텐데."

"형태를 다 갖추었든 그렇지 않았든 생명체였음에는 틀림이 없습니다. 한 생명체가 생기려면 얼마나 많은 악업이 소멸되어야 하는지 아십니까? 가까스레 업을 닦고 이생에 나려고 했는데 이를 죽였으니 그 업이 결코 작은 것은 아닐 것입니다. 천도를 해 주어야 합니다."

그녀는 스님의 말씀에 따라 세상에 태어나지도 못한 상태로 죽어야 했던 생명체의 천도를 지극정성을 다해 행했다. 그런 일이 있은 얼마 후부터 가슴이 두근거리는 증세가 슬며시 사라지면서 의사들도 고치지 못했던 심장병이 나았다.

원하지 않았던 아이를 임신하게 되고 그에 따라 병원에 가서 생명체를 죽여버리는 죄를 저지르는 사람들이 의외로 많은 것 같다. 한 번도 아니고 수차례에 걸쳐 중절수술을 한 사람도 있다고 한다. 까닭 없이 병이 생겨 아무리 고치려고 해도 고쳐지지 않거나 갑자기 모든 일이 뒤꼬이고 불행한 일이 겹치는 경우를 당한 사람이면 전에 중절수술한 죄를 지은 적이 없는가를 떠올려 보아야 할 것이다.

그런 적이 있었다면 미처 형체가 다 생기기 전에 수술을 한 것인데 무슨 악령이 되어 실렸겠느냐고 하지 말고 천도를 해 주어야 한다. 지옥에 빠져 업을 소멸시키기 위해서 갖은 벌을 다 받은 다음에 축생으로 윤회하였다가 비로소 인간의 생명을 받아 다시 나려고 했던 생명을 멸한 죄는 살인죄에 해당할 만큼 큰 것이며, 그렇게 죽임을 당한 혼령의 원한이 결코 적지 않는 것임을 명심하기 바란다.

물론 업을 짓고 천도를 해 주는 것보다 좋은 일은 아예 그런 죄를 짓지 않도록 하는 것이지만 이왕에 죄를 지었으면 악업은 저절로 소멸되지 않는다는 것을 알아 반드시 그 닦음을 행해 주어야 한다.

일본에서도 비슷한 체험담이 있다.

오사카에 살고 있는 게이꼬라는 주부가 한 스님을 찾아갔다. 그녀의 얼굴은 창백하여 누가 보아도 병색이 완연했다. 스님이 그녀에게 물었다.

"어디가 어떻게 아프시기에 얼굴색이 그리 나쁩니까?"

"배가 묵직하고 등이 당기며 위장이 늘 아파서 음식을

먹을 수가 없어요. 억지로 무엇을 좀 먹으면 위가 찢어지는 것처럼 아프게 되고 결국 먹은 것을 다 토해야 겨우 진정이 돼요."

"허리는 괜찮습니까?"

"허리도 아파요. 심할 때는 서 있지도 못할 정도예요."

"병원에는 가 보셨습니까?"

"한두 군데 찾아갔었던 것이 아니에요. 유명하다는 병원은 다 찾아다니며 치료를 받아 보았지요. 그러나 아무 소용이 없었어요. 아무래도 의사가 고칠 병이 아닌 것 같아서 스님을 찾아 온 거예요. 스님이 저를 좀 살려 주세요."

"암검사는 해 보았습니까?"

"면밀하게 조직검사를 받아 보았는데 암도 아니라니까 더 미칠 노릇 아니에요?"

"……."

"제가 벌을 받고 있나 봐요."

"과거에 무슨 잘못한 일이라도 있습니까?"

"말씀드리기 부끄럽지만 전에 임신중절 수술을 여러 번한 일이 있어요. 처음에는 몰라서 그랬고, 나중에는 철저하게 피임을 하느라고 하기는 했지만 실수로 또 임신이 되어 수술을 할 수밖에 없었어요. 한두 번 그랬던 것이 아니에요. 저는 언젠가 꼭 그 과보를 받게 되리라고 생각했었어요."

임신중절 수술을 받은 경험이 있는 사람은 누구나 예외
없이 심한 죄책감을 느끼는 것 같다.

스님은 천천히 입을 열었다.

"심한 고통을 받고 있는데 종합병원에서 철저하게 검사
를 해도 병명조차 확실하게 알아내지 못한다면 어쩌면 부
인께서는 중절아의 영혼으로 인하여 탈이 난 것인지도 모
르겠습니다."

"그렇다면 어떻게 해야 하나요?"

스님은 그녀에게 중절시켰던 아이들의 영혼을 천도할
수 있도록 해 주었다.

그녀의 병이 나은 것은 천도 불공을 시작한 지 석 달이
지났을 때였다. 몇 년을 두고 고생을 하던 병이 모두 나은
것이었다.

어머니를 구한 효성

당나라 진도독(陳都督)은 중년에 상처를 하게 되었다. 그에게는 딸이 한 명 있었다. 뜻하지 않게 부인과 사별을 하게 된 진도독의 슬픔은 이를 데 없는 것이었지만 어머니를 잃고 나서 식음을 전폐하고 밤낮으로 울기만 하는 외동 딸의 슬픔은 그보다 한층 더했다.

진도독은 애써 마음을 가다듬고 딸에게 말했다.

"너의 어머니가 비록 죽었기로서니 내가 아직 살아 있는데 네가 이럴 수가 있느냐? 나도 너의 부모다. 네가 이러면 내 마음이 더욱 슬프다는 것은 왜 헤아리지 않느냐. 나를 생각해서라도 그만 울음을 그치도록 하여라."

그러나 딸은 여전히 음식을 먹으려고 하지 않았다. 어머니의 죽음을 애도하는 그녀의 슬픔은 참으로 깊고 지극한 것이었다. 진도독은 간곡히 다시 말했다.

"네가 죽은 어머니를 생각하는 것을 이해 못하는 바는 아니다. 그렇다고 음식도 먹질 않는다면 너도 곧 죽게 될 것이니 이는 너의 어머니를 생각하는 도리가 아닐 것이며 나에게도 불효가 되는 것이질 않느냐?"

"······."

"그러니 네가 참된 효녀라면 식음을 전폐할 일이 아니라 어머니를 위하여 부처님께 정성을 드리는 것이 좋겠다. 이제 집에 지장보살님의 성상을 모실 터이니 기운을 차리고 어머니를 위하여 기도를 드리도록 하여라. 굶어서는 기도를 드릴 수도 없느니라."

마침내 딸은 아버지의 말에 따라 수저를 들게 되었다. 그러나 그것은 기도를 드리기 위한 기력을 갖추기 위함이지 결코 맛을 탐하거나 자기 자신을 돌보기 위함은 아니었다. 그녀는 아버지가 없었다면 어머니의 뒤를 따라 죽으려고까지 했을 만큼 효심이 지극했다.

진도독은 말했던 대로 유명한 화공에게 청하여 지장보살의 성상을 집안에 모시게 하였다. 이에 따라 딸은 정성을 다해 지장보살님께 예배 공양하며 염불을 하기 시작했다. 그녀는 한시도 어머니 명복을 비는 기도를 멈추지 않았다.

그러는 사이에 딸의 마음은 차차 안정이 되었다. 한 사람이 떠나면서 온통 텅 빈 것 같이 쓸쓸했던 집안에도 조금씩 화기가 도는 듯했다. 그런 무렵의 어느 날 진도독의 딸은 꿈 속에서 한 스님을 만났다.

스님이 그녀에게 말했다.

"나도 너와 같은 상태에 놓인 적이 있어 네 심정을 잘 알 수 있다. 나의 어머니가 돌아가셨을 때 태어난 곳을 몰라 애태우던 중 부처님의 자비로운 인도에 힘입어 어머니가 지옥에 빠져 한없는 고통을 받고 계신 것을 알게 되었고, 부처님께 기도하여 어머니로 하여 다시 천상에 나실 수 있도록 해 드렸었다. 그때부터 나는 보리심을 발하여 일체 중생의 고통을 없애 주기로 맹세하였다. 이제 너의 효심을 보니 옛날 나의 생각이 나는구나."

"하오면 저의 어머님은 지금 어느 곳에 계십니까?"

"네 효심이 갸륵하니 너의 어머니가 있는 곳을 알려주마. 네 어머니는 지금 초열(焦熱)지옥에 있느니라."

그녀는 어머니가 지옥에 있다는 말을 듣고 스님에게 간청을 하기 시작했다.

"스님, 스님께서는 보리심을 발하여 일체 중생의 고를 없애 주고 계시다니 부디 저의 어머니를 구해 주세요."

"너의 효성이 장하다. 내가 마땅히 초열지옥에 들어가 방광설법(放光說法)을 하여 너의 어머니를 죄고에서 건져

내어 천상에 나게 하여 주리라."

"감사합니다, 스님."

그녀의 말이 끝나기도 전에 스님은 홀연 사라져 보이지 않게 되었다. 그녀는 꿈 속에서도 지장보살의 성상을 향해 무수히 머리를 조아리고 있었다. 잠시 후 어딘가로 사라졌던 스님이 다시 모습을 나타냈다. 스님은 얼굴에 자비로운 웃음을 가득 띠고 있었다. 진도독의 딸은 스님이 입고 있는 옷자락이 불에 약간 타 있는 것을 발견할 수 있었다.

"스님, 어째서 스님의 옷이 탄 것이어요?"

"이는 내가 초열지옥에 들어갔을 때 불꽃에 탄 것이니라."

"그렇다면 스님께서는 벌써 지옥에 다녀오신 겁니까?"

스님은 천천히 고개를 끄덕이고 있었다.

"저의 어머니께서는 어떻게 되셨는지요?"

"물론 내가 너의 어머니를 지옥고에서 헤어나게 해 드렸느니라. 지금 천상에 나셨다."

"감사합니다, 스님. 정말 감사합니다."

"너의 어머니를 구한 것은 내가 아니라 실은 너의 효심이었다. 그러니 나에게 감사할 일도 아니다."

순간 그녀는 꿈에서 깨어났다. 그녀는 어머니가 천상에 다시 태어나게 되었다는 것을 의심하지 않았다. 그러자 그

동안 마음 속에 있었던 모든 슬픔은 단번에 사라져 버리고
가슴 속이 환히 열리는 것 같았다.

　자비심은 혼령도 구제한다

　죽은 자는 살아 있는 사람을 볼 수도 있고, 살아 있는 사
람 주위를 맴돌며 괴롭히거나 살아 있는 사람의 육신 안으
로 들어가서 같이 살자고 할 수도 있지만, 살아 있는 사람
은 죽은 자의 모습을 볼 수가 없다. 그러나 아주 특별한 영
을 소유하고 있는 소수의 사람들은 죽은 사람의 모습을 볼
수도 있다고 한다.

자비를 기다린 영혼

우리 나라에도 신명계를 볼 수 있는 능력을 지닌 사람이
체험했다는 이야기가 적잖게 전해 오고 있지만 서양에도
그런 일화가 있다. 미국에서 발생했던 한 부인의 체험담을
소개하겠다.

어느 날 딕슨이라는 사람이 외출에서 돌아와 보니 자기
의 아내가 착란 상태에 빠져 있는 것을 발견하게 되었다.
그녀는 무엇인가에 심하게 겁을 먹은 듯한 모습이었다.

그는 아내에게 물었다.

"여보, 무슨 일이 있었소?"

"……."

"왜 그러는지 말을 해야 알 것 아니오?"

딕슨 부인은 가까스레 정신을 차리고 입을 열었다.

"네. 오늘 저는 아주 특별한 체험을 했어요. 그러나 말을

해도 당신은 믿지 않을 거예요."

그날 그녀가 체험했던 특별한 일이란 아침 나절 발생한 것이었다. 남편이 출근을 한 다음 집안 청소를 마치고 그녀는 잠시 휴식을 취하기로 하였다. 그녀는 소파에 앉아서 커피를 마시고 있었다.

문득 고개를 창 밖으로 돌렸다. 이때 현관 앞으로 희미한 모습을 한 물체가 가까이 다가오는 것이 눈에 띄었다. 가까이 왔을 때 보니 물체는 사람이었다.

그녀는 처음 사람이 나타났을 때 상대가 행상인인 줄 알았다. 그래서 그녀는 현관문을 열고 아무것도 필요치 않으니 가라는 말을 하려고 했었다.

그러나 문을 여는 순간 그녀는 갑자기 공포를 느끼게 되었다. 문 앞에 서 있는 사내는 얼마 전에 죽은 디밍이라는 이름을 가지고 있는 사람이었기 때문이었다.

그녀는 유령이 나타났다고 믿을 수가 없어서 디밍과 흡사하게 닮은 사람이 찾아온 것이라고 여겼다. 그러나 그녀의 생각이 빗나갔다는 것이 곧 밝혀졌다. 사내가 말했다.

"안녕하십니까, 딕슨 부인?"

"나는 당신을 만난 적이 없는데, 당신은 나를 알고 있습니까?"

"네, 저는 디밍입니다."

"당신이 디밍과 닮기는 하지만 디밍은 분명 죽었습니다."

"제가 바로 그 죽은 디밍입니다."

"그런 일은 있을 수 없어요. 지금 내가 악몽을 꾸고 있는 것이 아니면 분명 당신은 어떤 흉계를 꾸미고 있는 살아 있는 사람일 거예요."

그녀는 허튼수작하지 말고 빨리 사라지라고 소리를 질렀다. 그러자 사내는 원망을 가득 담은 눈으로 부인을 쳐다보다가 발길을 돌려 사라지기 시작했다.

그녀는 그가 사라진 다음에도 분명 악몽을 꾼 것이 아니면 누가 흉계를 꾸미며 자기에게 접근했었다고 생각했다. 그러나 시간이 흐르자 자신이 잠을 잔 것이 아니기에 악몽을 꾼 것은 분명 아니라는 사실을 인정하지 않을 수 없었다.

그녀는 홀연히 나타났다가 사라진 사람의 눈에 어려 있던 원망을 상기했다. 그것은 무엇을 간절하게 호소하는 것 같기도 했었다. 어쩌면 정말 디밍의 유령이 무엇인가를 호소하기 위해서 모습을 나타냈던 것인지도 모른다는 생각을 차츰 하게 되었다. 그녀는 극도의 혼란 상태에 빠지고 말았다.

아내의 말을 다 듣고 난 딕슨은 그 말을 믿을 수도 믿지 않을 수도 없는 딜레마에 빠지고 말았다. 아내가 정신쇠약에 걸린 것 같다는 것이 그 순간의 솔직한 생각이었다.

닥슨 부인이 말했다.

"오후 내내 생각을 해 보았는데 어쩌면 진짜 디밍의 유령이 나타났던 것인지도 모르겠어요. 그것이 사실이라면 그는 앞으로도 또 나타날 거예요."

"그건 왜 그렇소?"

"그는 몹시 괴로운 것 같았어요. 그는 자신의 뜻을 전할 수 있는 사람이 나라고 여겨서 나를 선택하여 나타났을 거예요. 그렇다면 자신의 생각을 전할 수 있는 유일한 상대를 쉽게 포기하지 않을 것 같아요."

그녀의 예상은 들어맞았다. 그로부터 수주일이 지난 뒤였다. 닥슨 부인이 혼자서 집에 있을 때 문득 문 밖에서 개들이 요란하게 짖어대는 소리가 들려오기 시작했다. 시선을 창너머로 돌리자 얼핏 저쪽 현관 앞에 서 있는 한 사람이 보였다. 디밍이었다.

그녀는 일순 공포가 전신을 휘감아오는 것을 느꼈다. 이도 분명 꿈에서의 일은 아니었다. 그녀는 애써 정신을 똑바로 차리고 디밍을 주시하기 시작했다. 그는 무척이나 슬프고 외로워 보였다. 그런 모습이 부인에게 용기를 낼 수 있도록 만들었다.

그녀가 입을 열었다.

"당신이 정말 디밍이에요?"

"그렇습니다."

"그렇다면 무엇 때문에 나를 찾아왔는지 말해 보세요."

"나는 지금 누군가가 나에게 자비를 베풀어 주어야만 무서운 곳으로부터 벗어나 영생을 누릴 수 있는 상태에 놓여 있습니다."

"당신은 내가 자비를 베풀어 주기를 바라고 있다는 거예요?"

"그렇습니다."

"그럼 내가 어떤 식으로 자비를 베풀어 주어야 하는 것인지 말해 보세요."

"무엇이든 나에게 적선을 베풀어 주면 됩니다."

"적선을 베풀어 달라고요?"

"네 무엇이든 좋습니다. 자비의 마음을 내어 나에게 베풀어 주십시오."

"마음만으로는 안 되는 거예요?"

"네. 무엇이든지 좋으니까 부인께서 소중히 여기시는 것을 저에게 주십시오. 자비로 적선을 해 주시는 것을 받으면 제 영혼은 구원받을 수 있게 됩니다."

"그것이 돈이라도 상관없어요?"

"돈도 좋습니다. 부인의 진정한 자비심만 들어 있으면

됩니다."

"돈은 줄 수 있어요. 그러나 무서워서 문을 열기가 싫어요."

"그럼 부인의 뒤쪽에 있는 대리석 선반 위에 돈을 놓아 두십시오."

부인은 그가 시키는 대로 그 선반 위에 돈을 놓았다. 그리고는 뒤돌아보았더니 망을 친 문 너머로 보이던 디밍이 그새 사라지고 없었다. 부인은 이상히 여겨 대리석 선반 위를 보았다. 금방 자신이 놓아 두었던 돈이 감쪽같이 없어졌다는 것을 알게 되었다.

죽은 자의 영혼이 집안에 들어왔다는 것을 믿지 않을 수 없었다. 그녀는 무서웠다. 몸을 떨고 있는데 갑자기 그녀의 바로 앞에서 디밍의 목소리가 들렸다.

"부인, 무서워할 것 없습니다. 저는 부인에게 무한한 감사를 드릴지언정 해는 끼치지 않을 것입니다."

"아까까지는 당신의 모습이 보였는데 지금은 어째서 내 눈에 당신의 모습이 보이지 않고 목소리만 들려오는 거예요?"

"저의 영혼은 이제 부인 덕으로 구제되었습니다. 그러니 모습을 나타낼 필요가 없어진 것입니다."

"혹시 돈이 더 필요하지는 않아요?"

"네. 충분합니다. 그리고 부인께서 자비의 마음으로 돈을 주신 것이라는 것을 확인했으니 더 이상 이 돈을 내가 가지고 있을 필요도 없게 되었습니다."

그의 말이 끝나자마자 짤랑하는 소리가 들려왔다. 그것은 디밍이 좀 전에 가져갔던 은전을 다시 선반 위에 올려 놓는 소리였다. 그리고 디밍의 구원받은 영혼은 그녀의 곁에서 영원히 사라져 갔다.

누구도 그녀의 말을 진실로 믿으려고 하지 않았다. 그녀의 말을 들으면 모두가 이상한 말은 그만하라는 식으로 핀잔을 주었다. 그러나 그녀는 확실하게 영혼의 존재를 믿는 사람이 되었다. 그리고 자비를 내어 적선을 하는 것이 혼령을 구원하는 것이라는 사실도 믿게 되었다.

빙의된 혼령

  명희라는 이름을 가진 한 여자가 있었다. 그녀는 비교적 큰 규모의 회사를 경영하고 있는 사장의 외동딸로서 남부러울 것 없는 복받은 여자였다. 그녀는 누가 보아도 매혹될 만한 미모를 소유하고 있었으며 게다가 세칭 일류대학을 우수한 성적으로 졸업한 재원이었다. 이제 그녀는 중매로 한 남자를 만나 결혼식을 앞두고 있는 터였다.

  그러나 흠잡을 것이 한 가지도 없을 듯한 그녀에게 자신과 가족들만이 알고 있는 하자가 있었다. 그것은 그녀에게 도벽이 있다는 사실이었다.

  대학 2학년의 어느 날 모백화점으로 쇼핑을 나갔다가 핸드백을 하나 들고 나온 것이 그 시발점이었다.

  그녀는 백화점을 나왔을 때 자신의 손에 들려 있는 핸드백을 발견하고는 소스라치게 놀랐다. 분명 돈을 지불하고 산 것이 아니기 때문에 훔쳤다는 이야기가 되는데, 정작 어이가 없는 것은 스스로 곰곰이 생각해 봐도 무엇 때문에 핸드백을 훔쳤는지 알 수가 없다는 점이었다. 마음에 들었으면 돈을 주고 사면 되는 것 아닌가. 그만한 돈이 없었던 것도 아니었다. 자신이 저지른 일이지만 자신이 저지른 일 같지 않다는 사실이 더욱 그녀를 당황시켰다.

문제는 그 한번으로 그치지 않았다는 데 있었다. 그 후부터 물건을 사러 백화점이나 상점엘 갔다가 밖으로 나와 보면 자신의 손에 낯선 물건이 하나씩 들려져 있었다. 그녀는 그것을 버리기도 이상하여 자기 방에 가져다가 쌓아 두기 시작했다.

요행히도 그때마다 상점 주인에게 들키지 않고 잘 넘어가고는 했지만 꼬리가 길면 밟히게 마련이어서 들통이 전혀 안 날 수는 없었다. 도둑을 맞을 뻔했던 가게 주인이 그녀를 경찰에 넘겼고, 집에서도 알게 되었다.

부모들 입장에서 보면 딸에게 도벽이 있었다는 사실은 청천벽력같은 것이었다. 도대체 남의 물건을 슬쩍해야 할 이유가 없었다. 용돈을 궁하게 준 적이 없었다. 그리고 어떤 물건이 필요하다고 말만 하면 말이 떨어지기 무섭게 사줄텐데 도대체 왜 그것을 훔쳐야 하는 것인지 이해할 수가 없었다.

일종의 정신적인 질환이라고 생각하여 유명한 정신과 의사를 통해 치료를 해 보도록 조처했지만 아무 소용이 없었다. 만약 이런 사실이 약혼자에게 알려지면 당장 파혼이 될 것이고 요행히 결혼까지 간다고 해도 뒤늦게 시집에 알려져 파경을 맞을 것이 명약관화한 일이었다. 딸의 도벽을 어떻게 하든지 고쳐서 결혼을 시켜야 한다는 것이 부모들의 생각이었다. 그러나 정신과 의사도 고치지 못하니 달리 손을 써 볼 방법이 없었다.

그녀의 어머니는 눈물로 호소했다.

"얘야, 대체 네가 뭐가 부족해서 그런 짓을 한단 말이냐?"

더 안타까운 것은 정작 본인이었다.

"저도 모르겠어요. 꼭 내가 아닌 다른 사람이 그러는 것 같아요."

"그럼 너에게 귀신이라도 씌었단 말이냐?"

"……."

"너의 그런 버릇을 고치지 못하면 집안 망신하는 것은 둘째치고 네가 끝내는 불행하게 되고 말 테니 나는 그 꼴은 못 본다. 차라리 네가 병을 고칠 수 없다면 너 죽고 나 죽어서 더 이상 죄를 짓지 말자."

"엄마가 왜 죽어요. 죽어야 할 사람은 저뿐이에요."

"내가 잘못 키운 죄로 네가 그렇게 된 것이니까 같이 죽자는 말이다."

그녀에게 도벽만 없다면 아무 문제될 것이 없는데 그것을 고치지 못하니 이런 딱할 노릇이 없었다. 모녀가 비관하여 잘못하다가는 동반자살이라도 하게 생겼으니 보통문제가 아니었다.

이런 무렵의 어느 날 그녀의 어머니는 절을 찾아가게 되었다. 그녀의 어머니는 불자로서 신심이 깊었다. 딸의 병을 부처님의 위신력을 통해 고쳐 보겠다는 것이 마지막 희망이었다. 어머니의 얼굴에는 수심이 어려 있었다. 주지 스님은 그녀의 그런 모습에 유의했다.

"보살님에게 무슨 딱한 사정이 생기신 것 같습니다."

그녀는 스님에게 딸의 도벽에 대한 이야기를 처음으로 거론하기에 이르렀다.

"딸은 무엇 하나 나무랄 데가 없는 아이였어요. 어려서부터 남달리 성실하고 얌전하게 자랐는데 어쩌다가 그렇게 됐는지 모르겠군요. 꼭 귀신에게 씌인 것 같아요. 만일 이 일이 세상에 알려지게 되면 집안의 체면도 말이 아닐 것이고, 아이의 팔자 또한 버리게 될 테니 이런 낭패가 어디 또 있겠어요."

"너무 상심하지 마십시오. 소승이 어떻게 손을 한번 써

보겠습니다."

"스님께서 딸의 병을 고쳐 주실 수 있겠어요?"

"장담할 수는 없지만 한번 해 보겠습니다. 우선 따님을
절로 데리고 와 보십시오."

이에 따라 명희가 스님 앞에 마주앉게 되었다. 누구도
그녀를 보면 그녀에게 도벽이 있으리라고는 여길 수 없으
리라. 그녀의 얼굴은 그만큼 청초하고 수려하였다.

스님은 천천히 그녀를 살폈다. 아무리 보아도 그녀는 도
저히 도둑질을 할 만한 배짱이 있어 보이지 않았다. 부모
가 무엇 하나 남 부러울 것 없이 키워 놓은 딸이라는 것을
고려하면 더더욱 도벽이 있다는 것이 믿기지 않았다.

스님은 천천히 입을 열었다.

"귀신에 씌인 것 같다고 했지요?"

"저도 모르는 사이에 물건을 슬쩍 집는 거예요. 꼭 내 몸
안에 다른 사람이 또 한 명 살고 있는 것 같아요."

"사람이 죽는다는 것은 육신에 그치는 일입니다. 혼은
육신에서 분리되어 나와서 생전의 업에 따라 지옥으로 가
거나 극락으로 가는 것이지요. 그러나 경우에 따라서는 지
옥도 극락도 가지 않고 허공을 떠돌다가 살아 있는 사람의
몸 안으로 들어와서 같이 살자고 하는 경우도 있습니다.
만약 명희양이 자기도 모른 사이에 물건을 훔치게 되는 것

이라면 명희양의 몸에 다른 혼령이 들어와 있는 것인지도 모르겠습니다. 천도식을 한번 해 보십시다."

스님이 천도식을 하고 보니 역시 예상대로였다. 도적질을 하고 있는 나쁜 기운의 정체가 드러나게 된 것이었다. 고등학생의 모습을 한 여학생이 나타났는데 이 아이는 학교에 다닐 때 주위 급우들로부터 따돌림을 받았고 또 그 분풀이로 급우들의 물건을 습관적으로 훔치다 들키자 제 분을 못 이기고 그만 약을 먹고 죽어버렸던 혼령이었다.

그 학생은 죽으면 그만일 줄 알았겠지만 막상 죽고나자 그것이 아니었다. 몸에서 분리되어 나온 그녀의 영혼은 천도되지 못한 채 떠돌아다니게 되었다. 그러다가 평소 다른 사람들과는 달리 자기에게 친밀하게 대해 주었던 명희가 마음에 들어 그녀의 안으로 들어가 마음 한 구석에 자리를 잡은 것이었다. 그 혼령이 물건을 훔치도록 하고 있는 것이었다.

스님은 정법으로 그 소녀의 혼령을 타이르고 이생에서의 집착을 버리도록 천도해 주었다. 천도 후 3일째 되는 날 명희 어머니 꿈에 그 학생이 나타났다.

"저는 명희 어머님 덕분에 좋은 곳으로 가게 되었어요. 고맙다는 말씀을 드리려 찾아뵙고 떠나니 안녕히 계세요."

그 이후 명희는 두번 다시 남의 물건을 훔치는 일이 없게 되었다. 무엇보다 반가운 것은 몸과 마음이 무엇엔가 억눌려 있다가 벗어난 것처럼 아주 밝고 명랑하게 되었다는 사실이었다.

죽은 영혼이 살아 있는 사람의 몸 속으로 들어오는 것을 빙의라고 한다. 다시 말해 빙의가 되었다는 것은 곧 귀신에 씌었다는 것을 의미한다.

안선생은 빙의되어 있는 혼령을 알아볼 수 있는 능력을 가지고 있는 사람이었다.

그의 친구 중에 의사가 한 명 있었다. 안선생이 의사 친구를 만나러 병원을 찾아와 있을 때였다. 한 젊은이가 찾아왔다. 그는 두장의 X-ray 사진을 소지하고 있었다.

젊은이는 필름을 내놓으며 말했다.

"의사 선생님, 이 두 장의 필름을 좀 봐 주십시오. 하나는 두 달 전에 찍었던 것이며 또 한 장은 바로 지금 다른 병원에서 찾아 가지고 온 것입니다."

의사가 젊은이의 말에 따라 X-ray 필름을 검사해 보니 두 달 전에 찍었다는 것은 아무런 이상이 없는데 방금 찍었다는 것은 폐결핵 3기의 진단을 내릴 수밖에 없는 것이었다. 아무리 무서운 전염병이라 하기로 두 달 만에 건강하던 젊은이가 결핵 3기의 중병 환자가 된다는 것은 있을 수 없는 일이었다. 젊은이도 그 사실을 믿을 수가 없어서 다른 병원을 찾아 온 것이다.

"제가 정말 결핵 3기의 환자입니까?"

의사가 말했다.

"필름 결과를 보면 틀림없는 사실이오."

"정말 믿을 수 없는 사실입니다."

그들의 대화를 듣고 있던 안선생이 젊은이의 얼굴을 뚫어지게 바라보았다. 안선생이 젊은이를 바라보자 그는 눈이 부신 사람처럼 안선생의 시선을 피하는 것이었다. 그 순간 빙의된 혼령을 볼 수 있는 안선생의 시야에 한 창백한 여인의 얼굴이 보이는 것이었다.

안선생이 입을 열었다.

"얼마 전에 졸도를 한 일이 있지요?"

젊은이는 그 사실을 어떻게 아느냐는 듯이 바라보다가 대답했다.

"네."

"그날 여자 친구와 함께 정릉 숲속에 놀러 간 일이 있습니까?"

젊은이는 그 말을 듣고 몹시 당황해하면서 이번에는 얼굴까지 붉히며 고개를 숙이는 것이었다. 과연 안선생의 말은 사실이었다. 젊은이는 이 사람이 족집게 무당이 아닌가

하는 생각을 할 수밖에 없었다.

다시 안선생이 물었다.

"그날 아무도 없는 숲 속에서 여자 친구와 정을 나누었지요?"

"……."

"사실을 있는 그대로 말씀해 주셔야 합니다. 그러면 내가 당신을 도와 줄 수도 있어요. 그렇지 않으면 당신은 죽게 될지도 몰라요."

그러자 젊은이가 대답했다.

"말씀대로입니다. 처음부터 그러려고 했던 것은 아니었는데 그날 분위기에 그만……."

"알겠습니다. 그때 일을 끝내고 일어서다가 졸도를 했었지요?"

"네. 갑자기 현기증이 나면서 어지러워지더니 의식을 잃었습니다. 정신을 차려 보니 병원이었습니다."

"그때 당신에게 지금부터 9개월 전 그 숲 속에서 신병을 비관하다가 자살한 한 호스티스의 영혼이 빙의한 것입니다."

"……."

"자살한 호스티스는 폐병 3기의 환자였어요. 게다가 빚이 많았고 애인에게서는 버림받은 상태였지요. 그래서 세상을 비관하여 자살을 한 것입니다. 죽어 버리면 모든 문제가 해결될 줄 알았는데 그렇지가 않았죠. 자기의 시체가 실려 나가는 것을 분명히 보았는데, 자기는 분명 살아 있는 여자인 것을 알았어요. 그 여자의 영혼은 무척 고민을 했습니다. 그때 당신이 나타나 애인과 함께 정사를 나누는 것을 보고 살려 달라고 당신에게 매달린 것입니다. 그때 당신은 기절하게 된 것이죠."

"그러니까 제 몸에 귀신이 붙었다는 말씀이군요."

"바로 그렇습니다."

"그럼 저는 어떻게 하죠?"

안선생은 젊은이에게 절을 찾아가서 그에게 빙의된 호스티스의 영혼을 천도시켜 주라고 일러 주었다. 젊은이는 그 천도재가 끝난 다음에 X-ray를 찍어 보았다. 아무 이상이 발견되지 않았다.

나무지장보살마하살

중국에서 있었던 일이다. 위주(韋州)땅에 등(鄧)씨 성을 가진 여인이 있었다. 그녀는 부모가 일찍 돌아가셨기 때문에 백부 밑에서 자랐다. 그런 그녀이고 보니 일찍 세상을 뜨신 부모에 대한 그리움이 간절할 수밖에 없었다. 특히 어머니에 대한 그리움은 성장해 가면서 날이 갈수록 더해만 갔다.

생자와 사자가 같이할 수는 없는 일이다. 살아 있는 사람은 죽은 사람을 만날 수가 없다. 만날 수가 없으니 더욱 보고 싶고 그리운 것이리라. 돌아가신 분을 만날 수 없다는 것은 너무나 잘 알고 있지만 그래도 뵙고 싶다는 생각을 누를 수가 없으니 그것이 문제였다.

그녀는 자나깨나 어머니를 생각했다.

다른 방법이 있을지도 몰라. 죽지 않고도 어머니를 만나

뵐 수 있는 방법은 정말로 없단 말인가.

어머니를 만나고 싶어하는 정도가 지나쳐서 병이 날 지경이었다. 지나가던 탁발승이 병색이 짙은 그녀의 얼굴을 보게 되었다.

"낭자에게 말 못할 사연이 있는 것 같습니다."

"스님, 저는 돌아가신 저의 어머님 얼굴을 다시 볼 수 있는 방법을 찾지 못하면 죽게 될지도 몰라요. 어머니가 너무너무 보고 싶습니다. 그래서 병이 난 거예요."

"그래요? 방법이 전혀 없는 것도 아닙니다."

그녀는 귀가 번쩍 띄었다.

"스님, 어떻게 하면 저의 어머니를 한번만이라도 뵐 수 있을까요?"

"그것은 지장보살님을 공경하는 것입니다. 지장보살님은 중생들을 불쌍히 여기시며 또한 자비로우신 마음이 워낙 크신 분입니다. 낭자께서 일심으로 지장보살님을 생각하고 염불하면 지장보살님이 자비하신 힘을 빌려 주셔서 반드시 소원을 성취할 수 있도록 해 주실 것입니다."

스님의 말은 어둔 밤에 만난 등불 같았다. 그녀는 그때부터 밤낮으로 지장보살님의 명호를 외웠다. 눈을 뜨면 지장보살을 찾았고 잠자리에 들어서도 지장보살을 생각하다가 눈을 감았다. 그야말로 지극정성이었다.

그러던 어느 날 밤에 등여인은 꿈에 염불을 가르쳐 주신 스님을 만나게 되었다. 꿈 속에서도 그녀는 염불을 하고 있었는데, 염불을 하고 있는 그녀에게로 다가온 스님이 말씀하셨다.

"내가 낭자의 소원을 들어드리지 않을 수 없게 됐소. 자, 나를 따라오면 낭자께서는 어머니를 뵙게 될 것이오."

등여인은 기뻐하며 스님을 따라 나서게 되었다. 밖으로 나온 스님은 그녀를 등에 업고 허공을 날아가기 시작했다. 그런 중에도 등여인은 지장보살님의 명호를 멈추지 않고 외우고 있었다.

스님은 순식간에 천상으로 날아 올라갔다. 천상에 도착하자 스님은 그녀를 내려놓았다. 스님이 앞서서 걸어가기 시작했다. 등여인이 그 뒤를 따르고 있었다. 마침내 두 사람은 아주 높이 치솟은 궁전 앞에 도착할 수 있었다. 그 궁궐은 형용할 수 없이 아름다운 보배들과 구슬로 장식된 마니보전이라고 하는 궁전이었다.

마니보전의 장엄은 도저히 인간의 말로는 형용할 수 없는 것이었다. 그곳에는 많은 천상의 사람들이 거닐고 있었는데 등여인은 마침내 그곳에서 꿈에도 잊지 못하였던 어머니를 만날 수가 있었다.

등여인은 너무나도 반가운 나머지 단숨에 어머니 앞으

로 달려갔다. 절을 하려고 엎드렸다가 그만 엎어지며 통곡을 하기 시작했다. 너무나 그리움에 사무쳤기에 재회의 기쁨을 울음이 아니고는 주체할 수가 없었던 것이다.

한참만에야 울음을 거둔 그녀는 어머니 얼굴을 우러러 보았다. 그녀의 어머니는 얼굴 가득 자애로운 미소를 띠며 입을 열었다.

"네가 지장보살님께 정성을 올린 공덕으로 내가 천상에 태어날 수 있게 된 것이란다. 그리고 또 보고 싶었던 네 얼굴을 지금 보게 된 것도 모두가 네가 지장보살님께 기도한 공덕 때문이다."

등여인이 꿈을 깬 것은 이때였다. 꿈을 깨고 보니 천국도 어머니도 온데간데 없었다. 다만 그녀는 평상시의 자기집 처소에 누워 잠을 자고 있었을 뿐이었다는 것을 알았다. 그러나 허망하지 않은 것이 이상한 일이었다. 분명 그녀의 가슴 속에는 간절한 소원을 성취한 사람만이 느낄 수 있는 커다란 만족감이 넘치고 있었다.

그녀는 결코 꿈에서 어머니를 만났던 것이 아니라는 생각을 하게 되었다. 지장보살님이 잠을 자고 있던 자신을 데리고 천상계를 구경시켜 준 것이라는 확신이 들었다. 그녀는 저도 모르는 사이에 합장을 하고 입을 열었다.

"나무지장보살마하살! 나무지장보살마하살!"

송나라 시대에 양주자사(陽州刺史)를 지냈던 장건신이
라는 사람이 있었다. 그는 딸 하나를 둔 채 상처하였는데
그의 딸은 어머니 생각을 잠시도 잊지 않고 슬퍼하였다.
하루는 장씨 딸의 꿈 속에 그녀의 어머니가 찾아왔다.

"내가 세간에 살며 너를 낳아 기를 때 내 친가나 집안의
권세만 믿고 너무 교만했단다. 게다가 탐욕심마저 컸으므
로 나는 죽어서 아귀보를 받게 되었단다. 지금 내가 얼마
나 고통스럽게 지내고 있는지 너는 상상도 못할 것이다."

그녀의 어머니는 행색이 너무도 남루해 보였다. 그녀는
슬픔을 억누르지 못하여 눈물을 터트렸다. 가슴이 메어지
는 것만 같았다. 그녀는 어머니의 손을 붙들고 말했다.

"제가 어떻게 해 드리면 좋겠습니까?"

"아귀의 고통은 말로 이루 형용할 수가 없느니라. 밤과
낮으로 죽었다 살았다 하는 고통이 반복되며 굶주려 시장
하기란 창자가 끊어질 듯하단다. 다만 한 달에 한 번 어떤
스님이 아귀 성중에 들어와 음식을 베풀어 주시기 때문에
그때에 잠시 시장한 것을 잊을 뿐이다. 아귀들에게 음식을
베풀어 먹이는 그 스님은 지장보살님이시다."

"……"

"지장보살님께서 음식을 베풀어 주실 때는 마땅히 보리
심을 발하라는 말씀을 해 주시지만 나는 너무 심한 탐욕심

과 허기에 빠져 있어 발심하지 못하고 있단다. 내 딸아, 네가 나를 도와 주고자 한다면 지장보살님을 공양해다오."

장자사의 딸은 그런 꿈을 꾸고 나자 아버지에게 말씀드려 지장보살님의 등상을 조상토록 하고 일심으로 예배 공양하며 기도하기 시작하였다.

그녀는 지장보살님에게 간절히 빌었다.

"지장보살님, 저의 어머니를 제도하여 주시옵소서."

마침내 그녀의 정성이 지장보살님에게 닿은 것일까. 얼마 후 장자사의 딸이 다시 어머니의 꿈을 꾸게 되었다. 그녀의 어머니는 몸에 아름다운 옷을 걸치고 있었으며, 온몸에서는 서기 광명이 나고 있었다. 그녀의 어머니는 허공에서 자유로이 걸어 내려와 말하였다.

"착하다 내 딸아, 네가 공덕을 지어 주어서 이제 내가 천상에 가서 나게 되었다. 너는 앞으로도 더욱 지장보살님을 정성으로 예배 공양하여라. 그리하면 너와 나는 장차 미륵보살이 계시는 하늘에서 함께 살게 될 것이며 또한 부처님을 뵙고 설법을 듣게 되리라."

꿈을 깬 그녀는 기쁨의 눈물을 흘렸다. 어머니가 고통 속에서 벗어나 천상에 나게 되었다니 이 아니 기쁜 일인가. 게다가 장차 어머니와 함께 천상에서 미륵보살을 섬기며 설법을 듣게 되리라고 생각하니 그 환희스러움은 이루 형언할 수 없었다.

이후 그녀는 만나는 사람마다 자신의 경험담을 이야기하기 시작했다. 아는 사람이나 모르는 사람이나 만나기만 하면 그 사실을 말하며 불법을 전파했다고 한다. 그리하여 지금까지 그녀의 이야기가 전해져 오고 있는 것이다.

송나라 시대의 승준(僧俊)이라는 스님이 지장보살을 만났던 일화이다.

그는 왕씨 성을 가진 사람이었다. 출가는 했지만 공부다운 공부를 제대로 한 것이 없었고 계율도 전혀 지키지 않았다고 한다. 그렇다고 보살도를 닦거나 불사에 힘을 쓴 것도 아니었다. 말하자면 말이 출가이지 세속의 사람과 조금도 다름없이 거리낌없이 살았던 것이다. 그러는 중에 병이 들어 죽었다가 3일 만에 다시 살아났는데, 깨어나자 마자 크게 통곡을 하며 부처님 앞에 나와 무수히 절을 하면서 참회했다고 한다. 그는 어떻게 해서 죽었다가 다시 살아올 수 있었던 것일까.

그는 죽었을 때 명부의 관리로 보이는 두 사람에게 이끌려 집을 떠나게 되었다고 한다. 한참 만에 큰 성문 앞에 이르렀는데 그때 문득 한 스님이 그의 앞에 나타났다.

스님이 그에게 말했다.

"네가 나를 알아보겠느냐? 나는 지장보살이니라. 너는 인간세상에 있을 때 내 형상을 하나 조성한 일이 있다. 네가 나를 조성한 공덕이 있으므로 이제 그 은덕을 갚으려 온 것이니 내가 일러주는 게송을 잘 듣고 외웠다가 염라대왕을 만나거든 그것을 들려주도록 하여라."

지장보살이 승준 스님에게 들려준 게송은 다음과 같다.

만약 어떤 사람이 시방삼세
일체 부처님을 알고자 한다면
마땅히 이와 같이 관할지니라
마음이 모든 여래 짓는 것임을

승준 스님은 명부사자에게 끌려 성문으로 들어간 다음 대문을 몇 개 지나서 마침내 염라대왕 앞에 도착할 수가 있었다.

대왕이 그에게 물었다.

"그대는 출가하여 한 것이 무엇인가? 무슨 공덕을 쌓았느냐?"

"다만 한 가지 게송을 수지하고 있을 뿐입니다."

"그렇다면 그것을 한번 외워 보도록 하라."

이에 그가 지장보살이 일러준 게송을 외우자 곧 염라대

왕은 부드러운 어조로 말했다.

"무슨 착오가 있어 그대가 이곳에 온 것 같으니 다시 돌아가서 수행을 계속하도록 하시오."

이렇게 하여 죽었다가 되살아나게 되었던 승준 스님은 지난 자기의 생활을 크게 뉘우치고 참회하면서 수행에 힘썼다고 한다. 그는 시간이 있을 때마다 지장보살의 은덕을 찬탄하고 앞서의 게송을 설했다.

원망하는 마음이 부른 재앙

구파발에 사는 한씨는 어느 날 아침 잠자리에서 일어나다가 갑자기 몸에 이상이 생긴 것을 알게 되었다. 양 어깨가 무거운 쇠망치로 얻어맞은 것처럼 멍하고, 손을 뻗어보려고 해도 뻗칠 수 없는 증상이 나타난 것이었다. 그는 아침밥을 짓고 있던 부인을 다급히 불렀다.

그는 달려온 아내에게 말했다.

"여보, 내 팔이 왜 이래. 도저히 움직일 수가 없으니 웬일인지 모르겠네."

분명 간밤에 잠을 자기 시작할 때는 멀쩡했는데 하룻밤 자고 나니 변괴가 생긴 것이었다. 다른 곳은 다 멀쩡한데 단지 두 팔만이 날개 부러진 새처럼 축 처져 제멋대로 흔들거리고 있었다.

그의 부인은 혼비백산하여 앰뷸런스를 불러 남편을 병

원으로 데리고 갔다. 의사에게 진찰해 보이자 특별한 이상
이 없다는 결과가 나왔다. 그는 화가 나서 언성을 높였다.

"팔을 쓸 수 없는데 이상이 없다니 말이 됩니까?"

"현재로서는 신경과민으로 인한 일시적인 신경마비 증
상인 것 같다는 말씀밖에 드릴 수가 없군요. 곧 좋아질 겁
니다."

그러나 그의 병은 곧 좋아지지가 않았다. 업무를 볼 수
없으니 회사를 쉴 수밖에 없었다. 병가를 낸 그는 이곳저
곳의 유명하다는 한의사를 찾아가서 침을 맞아 보기도 하
고 좋다는 약은 다 써 보았지만 차도가 없기는 마찬가지였
다. 별별짓을 다 해봐도 소용이 없었다.

친척들이 병문안을 와서 말했다.

"귀신이 씌운 것인지도 모르니 무당을 불러 굿을 해 보
면 어떨까."

"굿보다는 절을 찾아가서 불공을 드리는 것이 더 좋을
거예요. 아무렴, 잡신보다야 부처님의 위신력이 높지요."

정말 굿을 하든지 불공을 드리는 것밖에 더 해 볼 방법
이 없었다. 그는 마침내 절을 찾아가기에 이르렀다.

스님이 그에게 물었다.

"평소 불교를 믿었습니까?"

"저는 특별히 어떤 종교를 믿지도 않았고 그렇다고 비방

도 하지 않았지만 종교를 받아들여야 한다면 불교를 믿겠다는 생각은 했습니다. 그런 정도입니다."

"어째서 불교를 믿으리라고 생각했습니까?"

"최근 들어서 기독교가 성하고 있습니다만 사실 우리 정서는 불교와 잘 맞는 것 같습니다. 조상 대대로 오랫동안 믿었던 종교가 불교이고 우리의 문화재나 국보급 유물이 모두 불교적인 것 아닙니까!"

"잘 생각하셨습니다. 불교를 믿으십시오. 부처님은 못 고치시는 병이 없는 의사의 왕이시며 중생의 고통을 해결해 주실 수 있는 위신력을 가지고 계시기 때문입니다. 부처의 가르침대로만 사시면 살아서는 복을 누리고 사후에는 천상락을 받을 수 있기 때문에 그렇습니다."

"……."

"살생하지 말고 자비를 베풀며 공덕을 쌓으라는 가르침만 따라도 만사가 여일하여 막히는 것이 없을 것입니다."

"제 병도 고칠 수 있을까요?"

"지극정성을 드려 보십시오. 반드시 효험을 볼 것입니다."

그는 스님의 인도에 따라 불공을 드리기 시작했다. 처음에는 모든 것이 낯설고 부처님이 병을 낫게 해 준다는 확신도 갖지 못했었지만 기도를 드리는 중에 차츰 깊이 빠져

들어 일념으로 정성을 올리는 경지에 들 수 있게 되었다.

그런 어느 날 잠깐 눈을 붙이게 되었는데 비몽사몽간에 자기 몸에서 개 한 마리가 얼씬얼씬하는 것을 볼 수 있었다고 한다.

그는 스님에게 자신의 체험을 말씀드렸다. 스님은 그를 법당 앞에 똑바로 눕히고 이마와 배에 손을 얹고 일심전력으로 대다라니를 송주하기 시작했다. 스님의 낭랑한 목소리가 법당을 빠져나가 울려퍼지고 있었다.

얼마나 지났을까.

스님은 갑자기 몸에 소름이 끼치는 듯한 느낌을 받게 되었다. 그는 더욱 열심히 다라니를 지송하였다. 무념무상의 상태로 치달아 가고 있었다. 이때 스님의 뇌리에 다음과 같은 환영이 지나가는 것이었다.

한씨가 어느 여름날 보신탕 집에서 다른 사람과 함께 앉아 술을 마시고 있었다. 두 사람은 보신탕을 먹으며 무슨 사업에 관계되는 이야기를 나누었다. 그러다가 다투게 되었고, 한씨는 말이 통하지 않는 상대를 원망하고 있었다. 잠시 후 상대는 떠나갔고 한씨도 좋지 않은 기분으로 보신탕집을 나왔다. 그런데 이때 웬 개 한 마리가 한씨의 뒤를 쫄래쫄래 따라오기 시작하는 것이 보였다.

그 개는 그들이 그날 먹었던 보신탕의 제물이 된 개였

다. 개는 두 다리가 얽매인 채로 몽둥이에 맞아 죽은 다음 불에 그을려진 터였다. 그러니까 다시 말하면 그 개는 실제 개가 아니라 죽은 개의 영혼이었던 것이다.

스님은 비로소 한씨의 병이 개에 의하여 생긴 것임을 알게 되었다. 스님은 억울하게 죽은 개 영혼의 천도를 위한 법을 설해 주고 좋은 인연을 만나 좋은 곳에 환생하기를 기원해 주었다.

그 후 기적이 일어났다. 마침내 한씨가 두 손을 서서히 움직일 수 있게 된 것이었다. 그로부터 2주일이 지난 후에는 완전히 전과 같아질 수 있었다. 한씨는 독실한 불자가 되어 부처님께 다시금 천배를 올리며 찬양하고 경배하였다고 한다.

남을 비방하거나 원망을 할 때 그 주위에 원통한 한을 지닌 천도받지 못한 영혼이 있다면 그 원망의 선을 타고 빙의되어 와서 해를 끼치게 된다고 한다. 그러니 남을 원망하거나 탓하는 것은 화를 불러들이는 원인이 된다는 것을 알아야 할 것이다.

만약에 아무리 노력을 해도 돈으로 인한 고통이나 남편으로 인한 고통에서 헤어나지를 못해 누구를 원망하고 싶은 생각이 들 때면 그것이 더 큰 화를 불러들이는 원인이 된다는 것을 상기하기 바란다.

불심을 가지고 부처님의 뜻에 어긋나지 않도록 살면 화도 생기지 않고 화를 복으로 바꾸어 살 수도 있다.

누군가가 개를 죽이는 살생을 하지 않았다면 개의 원혼이 생길 리도 없었을 것이고, 보신탕을 먹으면서 남을 원망하지 않았다면 개의 원혼이 한씨에게 빙의될 리도 없지 않았겠는가.

삼산복지

옛날 중국의 산동(山東)지방에 자실(自實)이라는 사람이 살고 있었다. 그는 수만 석의 도조를 거두어들이는 부호였다. 그러나 그는 어릴 때부터 워낙 글 재주가 없었던지라 무식꾼이나 다름이 없었다.

어느 날 유군(兪君)이라는 사람이 그를 찾아왔다. 두 사람은 절친한 친구 사이였다. 유군이 자실에게 말했다.

"내가 조그마한 고을의 벼슬자리를 하나 얻게 되었는데 맨몸으로 갈 수도 없고 돈은 없고, 사정이 매우 딱한 처지라네. 은혜는 잊지 않을 테니 자네가 나를 좀 도와 줄 수 없겠는가?"

자실은 다른 것은 몰라도 의리는 있는 사람이었다. 그는 선뜻 2백 냥이나 되는 돈을 내어 주었다. 당시의 2백 냥은 거금이었다. 큰돈을 친구로부터 빌린 유군은 무사히 임지로 떠나 갈 수 있었다.

원나라 지정(至正) 말년에 산동성 일대에는 화적떼가 창
궐했다. 그들은 돈 많은 부잣집만 골라 약탈을 자행했다.
부자라고 원근에 소문이 나 있던 자실은 화적떼의 표적이
될 수밖에 없었다. 화적떼의 침입을 받은 그는 간신히 목
숨을 구할 수 있었다. 식솔들을 이끌고 정들었던 고향 땅
을 떠난 그는 친구 유군이 살고 있는 복건 땅으로 향했다.

유군은 평장사 진유정의 막료가 되어 권세와 향락을 마
음껏 누리고 있었다. 자실은 친구에게 당장 달려가 옛정을
나누고 싶었으나 처자를 적당한 곳에 맡긴 뒤에야 유군의
집을 향했다. 자실이 그의 대문 앞에 이르렀을 때 마침 밖
으로 나오려던 유군과 마주치게 되었다.

옛날의 자실이었다면 오랜만에 만난 친구를 호기 있게
불렀겠지만 자신의 처지가 처지였던 만큼 기어들어가는
목소리로 말했다.

"저, 내가 산동에 있던 자실이라는 사람인데 알아보겠
소?"

유군은 거렁뱅이와 다름없는 자실의 행색을 살피더니
고개를 거만스럽게 끄덕이며 짐짓 반기는 시늉을 했다.

"자네가 그런 모습으로 나를 찾아오다니 어떻게 된 일인
가? 아무튼 안으로 들어가서 사정 이야기를 들어보세."

자실을 이끌고 집안으로 들어간 유군은 자신이 방의 상좌에 앉았다. 그리고는 다시 물었다.

"어떻게 된 일인가?"

자실은 친구가 변했다는 것을 알 수 있었다. 마음 같아서는 그냥 돌아가고 싶었지만 자신의 처지가 처지였던 만큼 섭섭함을 애써 참고 지난 경과를 들려 주었다.

말을 다 듣고 난 유군이 한마디 툭 던졌다.

"저런, 그것 참 안됐군."

위로의 말이라고 볼 수 없는 시큰둥한 대꾸였다. 옛정을 생각하여 빌려 간 돈은 물론 집이며 먹고 살아갈 수 있는 방도까지 마련해 줄 것이라 믿고 찾아왔는데, 유군의 하는 태도로 보아서는 어림없는 일이었다. 집이나 호구지책에 대한 배려는 그만두고 빌려 갔던 돈이나 돌려주면 그 돈만 있어도 위급한 상황은 넘길 수 있겠는데, 유군은 좀처럼 사정을 얘기할 기회를 주지 않았다. 결국 돈을 돌려 달라는 말도 꺼내 보지 못하고 되돌아 나와야 했다.

그는 며칠 후 다시 유군을 찾아갔다. 이번에는 기어이 말하리라고 다짐했지만 막상 만나자 역시 말머리를 트지 못했다. 유군이 따라 주는 술만 받아 마시다가 끝내는 입을 떼지도 못한 채 이번에도 그냥 나오고 말았다.

자실은 그 다음날 또 유군의 집으로 그를 찾아갔다. 무슨 일이 있더라도 말을 하리라 몇 번이고 다짐했다. 그는 유군을 만나자 먼저 서두를 꺼냈다.

"어제는 폐가 많았소."

그 다음은 단도직입적으로 전에 빌려 준 돈을 돌려 주었으면 좋겠다는 말을 이어가려는데 유군이 먼저 선수를 치고 나왔다.

"폐라고 한다면야 내쪽에서 먼저 끼쳤지. 그대가 빌려 준 2백 냥이 아니었던들 내가 여기까지 올 수도 없었을 테니까."

잊지 않고 있다는 것이 천만다행이었다. 모르는 일이라며 시치미를 뗄 가능성이 있다고 생각하던 터였으니까 말이다. 그의 말이 계속되었다.

"보내 드린다 하면서도 박봉에 그럴 만한 여유가 있어야지. 한꺼번에는 못해 줘도 곧 갚도록 할 터이니 너무 걱정 말게."

자실은 한푼의 돈이 시급한 때였다. 기가 막히지 않을 수 없는 노릇이었다. 떼어먹는다는 말은 하지 않았지만 친구의 딱한 사정을 전혀 염두에 두지 않고 있음이 분명했다. 그러나 어쩔 수가 없는 노릇인지라 집으로 돌아와 기다리는 수밖에 없었다.

설마 저도 사람이면 다는 못 줘도 일부라도 곧 돌려주지 않겠느냐는 생각을 했었는데 유군은 그로부터 반 달이 지나도록 아무런 소식이 없었다. 이제 자실에게는 조금 남았던 몇 푼의 돈마저 바닥이 나 버렸다. 옷가지며 반반한 세간을 하나씩 헐값에 팔아 끼니를 이어가야 할 형편이었다.

이런저런 고생 속에 반 년이란 세월이 흘러 섣달 스무날이 되었다. 명절이 코앞에 닥쳤으니 생각다 못해 또 유군의 집엘 찾아갔다. 유군은 꽤나 싫어하는 눈치였지만 자실은 말을 하지 않을 수가 없었다.

"내 형편이 정말 말이 아니라네. 당장 끼니가 없는 형편이야. 빚을 받자고 온 것이라고 생각하지 말고 서로 알고 지내던 정으로 동정이라도 좀 해 달라고 찾아왔네."

식구들을 굶기게 된 마당에 염치고 체면이고 차릴 경황이 못 되었다. 유군은 목석처럼 반응이 없었다. 자실은 애원과 저주가 서린 눈으로 유군의 얼굴을 빤히 쳐다보았다.

"쌀 한 말이라도 좋아. 우리집엔 지금 설은 고사하고 당장 저녁 먹을 쌀 한톨이 없는 형편이란 말일세."

"그렇게까지 고생을 하고 있는 줄은 몰랐네. 오늘부터 열흘만 기다리면 설을 셀 수 있도록 쌀 두 섬과 돈 스무냥을 우선 보내 주겠네."

열흘 후면 섣달 그믐날이었다. 아닌게아니라 당장 굶는 것도 문제지만 설을 셀 수 없다는 것도 큰 걱정이었는데 친구가 협조를 해 주면 설은 셀 수 있을 것 같았다. 그는 안도하며 말했다.

"너무 체면 없는 짓을 해서 미안하네. 워낙에 궁하다 보니……."

"사과는 내가 해야지, 무슨 말씀을……."

집으로 돌아온 자실은 그믐날이 되기를 기다렸다. 그날 아침 대문 밖을 나왔다 들어갔다 하며 뛰어다니던 아이들이 자실에게 뛰어오면서 말했다.

"아버지, 저기 쌀자루 짊어진 사람이 와요."

자실은 반가움에 벌떡 일어나 뛰어 나갔다. 그러나 쌀자루를 진 장정은 자기집 대문 앞에서 멈추지 않았다. 자실이 다급하게 물었다.

"아니 그거 어디로 가는 거요?"

"장원외(張員外)댁에서 아는 분에게 보내는 겁니다."

자실은 실망하고 방으로 들어왔다. 아이들의 부름 소리에 또 밖으로 나가 보았다. 이번엔 돈꾸러미를 멘 사람이 지나갔다.

"여보시오. 그건 어디로 가져갑니까?"

"현령께서 친척집에 보내는 겁니다."

이번에도 허탕이었다. 해가 지도록 기다렸으나 끝내 쌀도 돈도 오지 않았다. 뜬눈으로 밤을 지샌 자실은 날이 밝자 밖으로 나갔다. 그는 은혜를 매정하게 배신한 친구에 대한 증오심을 더는 참을 수가 없었다.

이럴 수는 없는 일이었다. 돈을 빌려 간 사실이 없다고 해도 친구라면 곤경에 처한 친구를 보고 외면하지 않아야 마땅할 것이다. 빌려 간 돈 돌려준다고 생각하지 말고 동정해 주는 셈치고 설을 셀 수 있도록 해 달라고 부탁한 것마저 외면하다니 용서할 수 없었다. 유군의 집으로 가고 있는 자실의 안주머니에는 예리한 칼이 한 자루 숨겨져 있었다.

그런 의리부동한 놈은 살아있을 가치가 없어. 그러나 그가 죽는다면 죄없는 그의 가족들은 어떻게 되는가.

그는 걸음을 멈추었다. 살아 있는 생명체라면 미물이라고 해도 살생하지 말라고 했는데 아무리 원한이 사무친다고 해도 어찌 내 손으로 사람을 죽일 수 있단 말인가. 그는 생각을 돌렸다.

자실은 돈을 돌려줄 생각이 없는 친구에게 도움을 받으리라는 기대도 더 이상 하지 않기로 작정했다. 그렇게 생각하니 차라리 마음은 편한데 앞으로 살아갈 일이 아득하다는 것이 문제였다. 그는 집으로 돌아갈 수가 없었다. 그저 발길이 닿는 대로 걸어가기 시작했다.

얼마 후 주위를 둘러보니 복주성 안의 구선산(九仙山),

오우산(烏右山), 월왕산(越王山)의 세 산이 잇닿은 언덕밑
우물가였다. 그것을 사람들은 팔각정(八角井)이라 불렀다.
그는 우물 속을 들여다보며 생각에 잠겼다.

자실은 더 이상 걸어갈 기력도 없었다. 자신이 그렇게
못나 보일 수가 없었다.

친구 하나 제대로 사귀지 못한 못난이. 그 많던 재산을
화적떼에게 빼앗긴 다음부터는 다시 돈을 벌기는커녕 식
구들의 호구지책도 마련해 주지 못하는 무능력자로 죽지
못해 살아 있지 않은가. 이렇게 살아서 무엇하겠는가. 차
라리 죽어 오욕을 잊으리라.

그는 눈을 질끈 감고 우물 속으로 뛰어들었다.

그는 자기의 몸이 한없이 밑으로 가라앉고 있다는 것을
느꼈다. 죽은 것 같지는 않았다. 눈을 떠보니 골짜기 밑바
닥 두 바위 사이에 멀쩡히 서 있는 것이었다. 그는 겨우 몸
하나 지날 만한 좁은 골짜기를 향해 걸어가기 시작했다.

그렇게 얼마나 걸었을까. 갑자기 눈앞이 환해지며 난데
없는 궁궐이 하나 나타났다. 현판에는 삼산복지(三山福地)
란 글씨가 쓰여 있었다.

자실은 허기와 피로에 지쳐 삼산복지 앞의 돌계단에 주
저앉았다. 이때 한 노인이 그에게로 다가와서 말했다.

"한림(翰林), 여행 재미가 어떻소?"

자실은 놀라 일어났다.

"절더러 한림이라니, 무슨 말씀이시온지?"

"난 그대의 전생을 말하는 걸세. 이 교리화조를 먹어보게. 옛날 일이 다 생각날 걸세."

노인이 내미는 대추같이 생긴 열매를 받아 삼키자 자신이 한림학사로서 홍성전에서 서번(西蕃)에 보낼 조서를 초안하고 있는 광경이 보이는 것이었다.

"자네가 한림학사였을 때 문장을 너무 자랑했기 때문에 글을 모르게 된 것이고 명사들을 푸대접하였기에 이생에는 다니며 고생을 하는 것이라네."

"그렇다면 지금 정승의 자리에 앉아 있는 탐관오리(貪官汚吏)들은 나중에 어떤 벌을 받게 됩니까?"

"무염귀왕(無厭鬼王)이 붙어 있어 땅 속에 열 개의 화로를 차려 놓고, 그 자들이 모아 놓은 재물을 녹일 걸세."

"그럼 평장사(平章士)의 직책을 띠고 전쟁을 일삼아 양민을 학살하는 사람은 어떻게 되겠습니까?"

"다살귀왕(多殺鬼王)이 음병(陰兵) 3백을 거느리고 그의 일을 돕고 있는데 이제 명이 다하면 목이 잘릴 것이네."

"그럼 유군은 어떻게 됩니까?"

"그는 3년 안에 화(禍)를 당하게 되네. 만약 자네가 그를 죽였다면 자네는 지금쯤 염라대왕에게 불려 가서 심판을 받고 있을 테지만 마음을 돌렸기에 나를 만나게 된 것일세. 성 안에 그대로 있으면 자네도 화를 당하게 되니 다른 곳으로 피하라는 충고를 해 주겠네. 복령(福寧)지방으로 가는 것이 좋을 것이야."

자실은 인사를 하고 문 밖의 작은 길을 따라 나오다가 눈을 뜨게 되었다. 눈을 뜨고 보니 팔각정 우물가에서 잠이 들어 있었다는 것을 알게 되었다. 피곤하고 허기에 지쳐 주저앉았다가 그대로 잠이 들었던 모양이었다. 그러나 꿈이라고 하기에는 좀 전의 기억이 너무도 선명하였다.

그는 꿈에서 만났던 노인의 말에 따르리라 결심하고 집으로 돌아왔다. 자실은 처자를 이끌고 복령 땅으로 이사를 갔다. 외진 곳에 자리를 잡은 자실은 농부가 되어 밭을 일구기 시작했다. 땀흘려 일을 하니 굶지 않을 수 있게 되었고, 차차 생활이 안정되었다.

한편 원나라는 국운이 다하여 명나라의 대군에 의해 멸망당하고 말았다. 이때 유군은 주살당했다. 친구의 딱한 처지까지 외면하면서 모았던 재물은 그가 죽고 나자 아무 소용이 없는 것이 되고 말았다.

음업에 의한 앙화

청나라 강희제(康熙帝) 때의 일이다.

헌현(獻顯) 땅에 사는 호유화라는 자가 반란을 꾀하였다. 모반은 거사 직전에 발각되었고 이에 따라 가담자는 삼족이 멸하는 참화를 입었다. 주동자 호유화의 아버지에 얽힌 일화이다.

유화의 아버지는 그 지방 제일의 부자였었다. 인색하지 않았고 남 돕기를 무척 좋아한 편이었다. 그는 남들에게 흠잡힐 만한 잘못은 거의 하지 않고 살았는데, 단 한 가지 일반이 알지 못하게 범한 커다란 죄악이 있었다.

호씨의 이웃마을에 위로 큰딸과 아래로는 어린 아들 둘을 둔 장월평이란 선비가 하나 살고 있었다. 그의 딸은 용모가 수려하기로 원근에서 짝을 찾을 수 없다는 평을 듣는 출중한 미모의 소유자였다. 그녀를 본 사람마다 가히 경국

지색이라고 말했을 정도였다.

호영감은 그다지 악하지 않은 사람이었지만 장월평의
딸을 한번 본 후로부터 문제가 되었다. 그는 그녀에 대한
욕망을 억제할 수가 없었다. 눈앞에 그녀의 모습이 아른거
리면 제정신을 차릴 수가 없었다. 그녀를 손에 넣을 수 있
는 방법이라면 무슨 일이라도 저지를 수 있을 것 같았다.

장월평에게 그의 딸을 소실로 달라고 했다가는 망신만
당하지 목적을 이룰 수 없을 것이라는 사실을 모를 리 없
는 호영감은 그녀를 손에 넣을 수 있는 원대한 계획을 세
웠다. 우선 장월평에게 은혜를 베풀기로 했다. 장을 스승
으로 모셔다가 자기의 집에 머물게 하며 극진히 대우하기
시작했다.

장월평의 부모는 요동에서 죽은 바 있었다. 그곳에 장례
를 지낸 후 아직까지도 부모님의 유해를 고향으로 모시지
못하고 있는 장월평은 그것을 늘 슬퍼하고 있었다. 이 사
실을 안 호영감은 장월평이 부모의 유골을 모셔올 수 있도
록 경제적인 후원을 해 주었다. 장지까지 마련해 주니 장
월평의 호영감에 대한 신망이 두터워질 수밖에 없었다.

장월평이 새로 부모를 모신 산소 옆에는 작은 밭 하나가
있었다. 그런데 웬일인지 새 산소가 들어선 뒤로부터 그
밭에서는 크고 작은 사건이 자주 발생했다.

그러던 어느 날 그 밭에서 시체 하나가 발견되었다. 신원을 알아본 결과 시신의 주인공은 평소에 장월평과 원한이 있던 사람이었다. 장월평은 용의자로 체포되어 감옥에 갇히게 되었다. 모진 문초를 당하고 있는 터에 호영감이 백방으로 손을 써서 그가 무사히 풀려 나오도록 해 주었다. 두 번씩이나 큰 은혜를 입게 되니 장과 그 가족들은 호영감을 신처럼 우러르게 되었다.

  일을 이쯤 진행시켜 놓은 호영감은 장월평의 부인이 딸을 데리고 친정에 간 사이에 은근히 장월평의 의중을 떠보게 되었다. 그러나 앞길이 구만리같은 미모의 딸을 영감에게 줄 수는 없다는 것이 장월평의 생각이었다.

  여의치 않음을 알게 된 호영감은 기어이 큰일을 저지르고 말았다. 친정간 장월평의 부인과 딸이 집으로 돌아오기 전에 방화를 저지른 것이었다. 장월평과 그의 아들들은 모두 불에 타 숨지고 말았다.

  호영감은 자신이 저지른 방화에 의해 숨진 사람들의 장례를 훌륭하게 치러 주었다. 동시에 갑자기 변괴를 당하여 어찌할 바를 모르고 있는 모녀를 정성껏 돌보며 그들을 위로하는 데 각별히 신경을 썼다. 그 동안 기다릴 대로 기다렸던 호 영감은 마침내 본색을 드러내기 시작했다.

  그는 장월평의 아내에게 말했다.

"딸을 내게 주면 남부럽지 않게 호강시켜 주겠소이다. 이는 여러 사람 좋은 일이올시다. 우선 내가 좋고 따님도 평생 호의호식할 테니 좋고 부인께서도 노후 걱정을 하시지 않아도 될 테니 좋은 일이 아니겠습니까?"

장월평의 아내는 어이가 없고 기가 막혔지만 거절할 만한 용기가 나지 않았다. 만약 호영감의 제안을 내치면 무서운 핍박이 뒤따를 것만 같았다. 이러지도 저러지도 못하고 있는데 그녀의 꿈에 죽은 남편이 현몽을 하여 딸을 호영감에게 시집 보내라고 했다.

그녀는 비로소 결단을 내려 호영감의 제안을 받아들였다. 장월평의 딸은 호영감의 후실이 된 지 1년 만에 사내아이 한 명을 낳았다. 그녀는 아들을 출산하고 얼마 후 젊은 나이로 세상을 떠났다. 호영감은 갖은 모략으로 겨우 장월평의 딸을 손에 넣었지만 그녀로부터 아들을 하나 얻은 것 이외에 별 영화나 재미를 누려보지도 못한 셈이었다.

더구나 장월평의 딸로부터 얻은 아들이 바로 삼족을 멸하는 화를 불러일으킨 호유화였던 것이다. 그 호유화가 장월평의 후신이 아니었을까 여기고 있다.

삼년 간의 중풍살이

서울의 모처에서 포교원을 열어 전법에 힘쓰고 있는 어떤 스님이 몇 년 전 한 산중 암자에 머물고 있을 때 체험한 이야기라고 한다.

당시 그 절의 주지 스님께서는 천일기도 용맹정진중이었다. 주지 스님과 안면이 있었던 포교사는 그곳에 임시로 머물며 절 일을 도와주고 있던 터였다.

어느 여름날의 일이었다. 기도하는 날이 아닌 평소에는 찾아오는 사람도 별로 없는 깊은 산중의 암자로 마흔이 갓 넘어 보이는 사람을 웬 젊은 여자와 청년들이 들쳐업고 그야말로 땀을 비오듯이 흘리며 올라왔다. 그들을 맞이한 사람은 시자 스님이었다.

"무슨 일로 이곳엘 올라오셨습니까?"

젊은 여인이 대답했다.

"저의 남편이 3년 전에 친구 아버님이 돌아가셔서 문상을 갔다가 술에 취해 돌아온 직후부터 시름시름 앓기 시작하더니 지금은 이렇게 수족도 제대로 쓰지 못하는 사람이 되었어요."

그야말로 우연히 얻은 병이었다. 그로부터 환자는 다니던 직장도 그만둔 채 병원에 입원하여 치료도 받아 보았고, 침도 맞았으며, 한약도 먹을 만큼 먹었지만 전혀 차도를 보이지 않고 있다는 것이었다. 이제는 가산도 다 탕진하여 아예 포기하고 누워 죽을 날만 기다리는 참이었다.

여인의 설명이 계속되었다.

"그런데 엊저녁 꿈에 한 십여 명의 사람들이 나타나서 바로 이 절을 찾아가면 병을 고칠 수 있을 것이라는 말을 해 줘서 물어물어 찾아오게 된 거예요."

요컨대 선몽을 받고 온 것이라는 얘기였다. 동행한 젊은 이들은 그녀의 친정 동생들이라고 했다.

용맹정진중이었던 주지 스님은 상좌로부터 전후사정 이야기를 듣고 염주 한 벌을 내주며 말했다.

"이것을 환자에게 주어서 주야로 지장보살을 명호하라고 일러라."

환자는 처음에는 염주를 돌릴 기력도 없었다. 그러나 3일이 지날 때쯤 환자는 천천히나마 염주를 돌릴 수 있게 되었다고 한다. 1주일이 경과했을 때 주지 스님은 지금의 포교사 스님을 불러서 말했다.

"스님은 기도 공덕이 크니 나 대신 아픈 사람을 위해 기도를 한번 해 주는 것이 어떻겠소?"

주지의 부탁을 받고 비로소 포교사 스님이 환자가 거처하고 있던 방으로 들어가게 되었다. 스님은 조용히 환자의 곁에 앉아 부인이 지켜보는 앞에서 두 손을 환자의 이마와 배에 댄 채 천천히 그러나 강한 어조로 신묘장구대다라니를 송주하기 시작하였다. 그러자 환자는 이상하게도 얼마 가지 않아 눈을 감은 채 슬며시 잠이 들었다고 한다.

이와 같이 3일이 지났다. 신묘장구대다라니만 송주하면 매번 처음과 똑같이 환자는 잠이 드는 것이었다. 스님은 기이한 생각이 들어 오늘은 잠이 들더라도 계속 해 보자 하고 4일째 되는 날은 환자가 잠이 든 것에 상관하지 않고 신묘장구대다라니 송주를 계속하였다고 한다.

스님은 눈을 감은 채 마음을 진정시키고 한동안 무심히 기도하고 있었다. 이때 스님의 망막에 환자의 몸 대신에 웬 60이 넘어 보이는 늙은이가 누워 있는 것이 떠올랐다. 스님은 마음의 동요를 진정시키고 한층 기도에 전념하였다. 늙은이는 왜 그렇게 귀찮게 하느냐는 표정을 짓다가 나중에는 고통스러워하며 이마를 찡그리는 것이었다.

스님은 환자의 몸에 다른 사람의 영혼이 들어 있다는 것을 깨달았다. 그는 즉시 이승과 저승의 차이와 천도의 말을 하기 시작했다. 환자는 한동안 몸을 떨며 흐느끼다가 마침내 진정하는 것이었다. 그로부터 환자의 몸은 빠른 속도로 회복되어 갔다. 그의 몸에 들어 있던 영혼이 스님의 기도에 힘입어 천도되어 떠나간 때문일 것이다.

스님은 환자에게 빙의되어 있던 혼령이 누구인가를 알아보기 위해 그에게 물어 보았다.

"3년 전 누구의 조문을 다녀 온 직후부터 병을 얻었다고 하셨죠?"

"네. 친구 부친께서 갑자기 중풍으로 쓰러져 돌아가셨다는 부고를 받고 문상을 다녀온 직후부터 병이 들었던 것입니다."

그날 아침 그는 집에서 하찮은 일로 부인과 매우 심하게 다투었다. 그러니 문상을 갈 때의 그는 울적한 마음이었다. 조문객들과 어울려 술을 한잔 두잔 하다가 보니 나중에는 꽤 많이 마시게 되었다. 죽은 영정을 쳐다보니 인생이 그렇게 허무할 수 없다는 생각에 들었다. 그는 왠지 허전하고 쓸쓸하여 자기도 모르게 슬픔에 잠겨 한동안 울다가 집에 돌아와 쓰러졌는데, 그 후 병이 든 것이었다.

사람이 죽으면 육신에서 영혼이 분리되어 나온다. 그 중

자기의 갑작스런 죽음을 인식하지 못하거나 이승에 대한 집착이 강한 영혼은 영계로 떠나가지 않고 이승의 허공에 머물러 있는 수가 많다고 한다. 허공을 떠돌던 영혼은 자기와 주파수가 맞는 사람을 만나면 그 사람의 몸 안으로 들어가서 같이 살자고 하는 것이다.

중풍으로 고생을 하다가 죽은 친구 아버지의 영혼이 아내와 다툰 일로 울적해 있던 그에게 들어와 빙의되어 있어서 그는 의술로도 고치지 못하는 병을 앓았던 것이다.

그러므로 남의 집에 문상을 갈 때는 부부싸움을 해서도 안 되며 특별히 울적해하며 인생이 허망하다는 생각에 빠져 있을 것이 아니라 망자의 천도를 위해 염불하거나 경건한 마음으로 고인을 추모해야 한다.

부처님의 힘이 가득한 다라니를 송주함으로써 병을 고친 환자는 업혀서 암자에 올라왔다가 걸어서 내려갔다고 한다.

제5부 무생법인을 위하여

무생법인을 위하여

 죽음이 생명의 소멸(消滅)을 의미하는 것은 아니다. 단지 새로운 세계로 떠나는 것일 뿐이다. 만약 한 생명이 태어났다가 이승의 삶을 마치는 것으로 그 생명이 영원히 소멸하는 것이라면 종교도 필요없을 것이다.

 종교는 짧은 이승적 삶보다 영겁(永劫)하는 내세적 영혼의 구원을 그 목표로 하고 있다. 그러나 누구도 이승의 저편에 존재하고 있는 영혼의 세계를 가져다가 보여 줄 수 없기 때문에 눈앞의 현실에만 집착하거나 종교적 구원에 대하여 무관심해질 수 있는 것이다.

 인간의 사후(死後)에 대하여 과학적이고도 논리적으로 실험하여 증명해 줄 수 없는 것은 사실이다. 그래서 누구나 객관적으로 사후 세계를 설명할 수는 없지만 임종(臨終)을 계기로 하여 육신에서 영혼이 분리되며, 그로부터 불멸(不滅)하면서 생전의 업(業)에 따라 벌을 받거나 윤회 (輪廻)하거나 천상(天上) 어느 곳에 있는 불국토(佛國土) 에 보내져 무생법인(無生法印)의 천상락을 누리게 된다는 것을 믿는 것이 불교이다.

그리고 동서고금(東西古今)을 통틀어 보면 영혼불멸에 대한 체험적 기록이 전혀 없는 것도 아니다. 신비의 베일 에 싸여 있는 사후의 비밀에 접근할 수 있는 기록들을 추 적해 보았다. 이로써 죽음이란 단지 말이 죽음이지 나는 나로서 영원히 존재하는 것이라는 사실을 입증해 보고자 하였다.

한번 태어난 생명은 죽음을 통해 소멸하는 것이 아니라 영원히 존재하는 것이라는 사실을 믿게 된다면 구원의 문 제에 대하여 언제까지나 무심할 수만은 없을 것이다.

우리는 각자 알음알이의 본성(本性)을 깨우쳐 스스로 자 기 자신을 구원해야 한다. 나를 구원하는 것을 나 이외의 것에 의존할 필요도 없다. 자성(自性)을 깨우치면 되는 것 이다. 나는 나로서 영원히 존재한다.

열 개의 관문

인간은 죽음 앞에 평등하다. 이 세상에 한번 태어났으면 누구나 언젠가는 죽는다. 돈이 많아 부귀영화를 누리는 사람도 돈으로 생명을 살 수 없기에 죽을 때는 똑같이 빈 손으로 가야 하고, 하늘을 찌를 듯 세도가 높은 권력가도 권력으로 죽음을 면할 수 있는 것이 아니기에 언젠가는 죽어야 한다. 일세를 풍미하던 진시황도 죽었고, 영웅호걸도 결국에는 죽었다. 죽음은 이 세상에 태어난 사람 누구에게나 평등하게 주어지는 것이다.

산다는 것 자체가 바로 예정되어 있는 죽음을 향해 한 걸음씩 나아가고 있는 것을 의미한다. 죽음이 이렇게 누구에게나 똑같이 주어지는 문제임에도 사람들은 사느라고 바빠서 죽음의 문제에 대해 생각할 여유를 갖기가 어려운 것 같다. 어떻게 죽을 것인가에 대해 생각하는 것이 어떻게 사는 것이 잘사는 일인가와 똑같은 문제라는 것을 곧잘 망각한다. 더군다나 사후의 문제에 대해 진지하게 생각해 보는 기회를 갖는 사람은 많지 않은 것 같다.

죽는 것이 기정 사실화되어 있는 문제라면 기껏해야 백 년도 안 될 이승에서의 삶보다 긴 사후의 문제에 대해 더 많은 관심을 가져야 함에도 불구하고 목전의 일로 아등바 둥대다가 죽음이 눈앞에 다가와서야 기습을 당한 듯 마구 허둥댄다.

죽는다는 것은 모든 것의 소멸을 의미하는 것은 아니다. 종교인들은 육체적인 생명은 종결될지라도 영혼은 소멸되 지 않는다고 믿는다. 그러기에 우리는 구원의 문제를 생각 하게 되는 것이다. 그렇다면 과연 육신을 떠난 영혼은 어 떻게 되는 것일까.

불교에서는 저승을 다스리는 왕이 모두 열 명이 있다고 믿고 있다. 그 시왕의 역할을 정리해 보는 것이 사후 문제 에 대해 진지하게 생각할 수 있는 한 계기가 되리라고 보 여진다.

저승의 첫째 관문을 지키는 왕이 진광왕(秦廣王)이다.

이승의 삶을 마친 영혼은 멀고도 험한 외줄기 산길을 넘 어 6일 동안 걷다가 7일째 되는 날 진광왕전(秦廣王殿)에 도착하여 최초의 심판을 받게 된다고 한다.

진광왕전에서는 먼저 서류심사를 한다. 이곳에 비치된 서류에는 망자가 이승에서 행한 모든 행동이 소상히 기록되어 있다. 생전에 불효를 저질렀거나 인과법칙을 믿지 않고 살인, 강간, 강도 같은 악행을 저지른 사람은 이곳의 열개 지옥으로 떨어지게 된다. 만약 이승에서의 악행을 숨기고 거짓으로 속이려 해도 절대로 속일 수가 없으며 악행만 하나 더 추가하는 격이 된다.

이곳 지옥에 떨어지지 않을 사람이 건너는 강이 황천(黃泉)이다. 황천은 저승길을 가로질러 흐르며 한번 건너면 다시 되돌아설 수가 없다. 황천에는 다리가 하나 있는데 그 다리는 아무나 건널 수 있는 것이 아니라 그래도 생전에 선한 일을 한 사람에게만 건널 자격이 주어진다. 그밖의 사람은 물로 직접 들어가서 건너야 한다.

물은 두 가지 형태가 있다. 산수뢰(山水瀨)와 강심연(江深淵)이 그것이다. 산수뢰는 비교적 얕은 곳이며 강심연은 소용돌이가 심하게 치고 수심이 깊어서 건너기 매우 힘든 곳이다.

황천을 건너면 그 기슭에 의령수(衣領樹)라는 한 그루의 오래된 나무가 을씨년스럽게 서 있다. 그 나무 밑에는 탈의파(奪衣婆)와 현의옹(懸衣翁)이라는 두 노인이 있다. 탈의파 노인이 이제부터 의복이 소용이 없다고 말하며 그것

을 벗겨 현의옹 노인에게 주면 현의옹은 옷을 받아서 의령
수 나뭇가지에 건다. 생전에 악행을 많이 한 사람의 옷은
무거워서 가지가 많이 휘며 적게 한 사람은 그만큼 나무가
지가 휘는 정도가 약하다. 그 정도에 따라 죄의 경중을 판
단하게 된다. 그 자료는 다음 단계인 초강왕전(楚江王殿)
으로 보내진다.

저승길로 가는 두 번째 옥인 초강왕전은 사후 14일 만에
도달하게 된다. 이곳의 재판관은 석가(釋迦)의 화신인 초
강왕으로서 이곳에 도달한 모든 사람은 알몸으로 심문을
받게 된다.

여기서는 첫째 관문에서 보내진 자료에 의해 심판을 받
게 되며 의령수 가지가 휜 정도에 따라 죄업이 가벼우면
좋은 길로 무거우면 나쁜 길로 가게 된다.

사후 21일에 도착하는 송제왕전(宋帝王殿)은 업관(業關)
을 통과해서 가야 하는데 그곳에는 16개의 뿔이 있고 얼굴
에는 눈이 열두 개나 되는 흉악하기 이루 말할 수 없는 도
깨비가 버티고 서 있다가 업관 통관증을 내놓으라고 다그
친다. 그런 것이 없다는 것을 뻔히 알면서도 도깨비는 불
을 뿜으며 서슬이 시퍼렇게 날쳐대며, 죄업의 정도에 따라
사지를 갈갈이 찢는 등의 공포와 고통을 준다. 이 순간이
지나가면 사지는 다시 본래의 모습으로 돌아가 간신히 이

관문을 통과하게 된다.

송제왕은 문수보살(文殊菩薩)의 화신이다. 송제왕전에서는 주로 사음(邪淫) 죄가 다루어진다.

"너는 생전에 불순한 사랑놀음을 한 적이 있는가?" 하고 물었을 때 티끌만한 거짓말이라도 하면 고양이와 뱀이 지키고 있다가 남근(男根)을 물어 뜯어버리고 여성의 경우에는 뱀이 여음(女陰) 속으로 기어들어가 헤집는다. 이렇게 되면 생전에 행한 터럭만한 음란한 일까지도 다 실토할 수밖에 없어진다.

송제왕전에서도 죄업의 정도에 따라 다음 왕전까지 가게 된다. 이렇게 되면 사자는 비로소 명도(冥途)가 얼마나 험난하고 고통스러운지 후회하게 되나 이제는 어쩔 도리가 없을 것이다.

다음은 오관왕전(五官王殿)이다. 이곳으로 가기 위해서는 업강(業江)을 건너야 한다. 업강의 강폭은 5천 리에 달하지만 깊이와 흐름은 약하다. 그러나 물은 뜨겁고 악취가 심하게 나며 건너갈 다리도 없고 옥졸들이 무서운 얼굴로 철퇴를 휘둘러 몰아넣으므로 싫어도 강물 속으로 들어가지 않을 도리가 없어진다.

강물의 열기는 몸을 태우고 악취가 온몸을 마비시킨다. 여기서 못 견디어 강기슭으로 다시 돌아가고자 하면 옥졸들은 인정사정없이 머리가 터지거나 살이 으깨지거나 아랑곳하지 않고 철퇴를 휘둘러댄다. 뿐만 아니라 강물에서 몸을 조금이라도 내놓으면 쇠로 된 독침을 가진 벌레들이 달려들어 쏘아 대니 벌벌 기어갈 수밖에 없어진다. 이런 고통을 치르고야 간신히 오관왕전에 도착하게 된다.

저승길을 떠난 지 28일 만에 다다른 네 번째의 오관왕전은 보현보살(普賢菩薩)의 화신인 오관왕이 심판을 하는 곳이다. 이 왕전의 본당은 세 줄기의 강 위에 자리잡고 있는데 여기서는 생전에 저지른 망어(妄語)의 죄를 밝힌다.

본당 좌우로 각각 한칸 짜리 집이 위치해 있다. 왼쪽 집은 평장사(評長舍)라고 부르며 오른쪽 집을 감록(勘錄)이라고 부른다. 평장사 안에는 신비한 저울과 요술 경대가 있어서 죽은 사람의 말이 진실인가의 여부를 가려내고 또 지은 죄의 무게를 다는데 감록에 상세한 기록문서가 있어서 그 사람의 모든 것을 밝혀내게 되어 거짓말로 속이거나 변명을 하려 한다면 오히려 그 죄가 가중될 뿐이다.

그러나 저승의 심판은 칠밀제(七蜜制)이므로 이곳에서 내세의 행방이 결정되는 것은 아니다.

죽은 지 꼭 5주째인 35일이 되는 날 다섯 번째의 염라왕전(閻羅王殿)에 도달하게 된다. 염라대왕은 지장보살(地藏菩薩)의 현신이다. 염라대왕은 두 명의 동생신(同生神)을 거느리고 있다. 왼쪽 동생신은 사자의 악행만을 기록한다. 그 생김새가 나찰처럼 험상궂어 꿈에 볼까 두렵다. 바른쪽 동생신은 선행만을 기록하는데 그냥 보기에도 아주 인자하게 생겼다.

본당에는 광명왕원(光明王院)과 선명칭원(善名稱院)의 두 궁전이 있다. 광명왕원에는 광명왕경이라는 커다란 거울이 걸려 있다. 이 거울은 삼세에 걸친 모든 내막을 마치 비디오처럼 생전에 범한 죄의 경중을 불문하고 차례로 선명하게 비춰 준다. 개중에는 이승에서의 습관으로 어떻게든 변명하여 모면하려고 하는 자가 있지만 그런 자는 혀가 송두리째 뽑혀지는 형벌을 받게 될 뿐이다.

사후 6주째 되는 42일 만에 도달하는 변성왕전(卞城王殿)은 철환소(鐵丸沼)라는 강을 건너서 가게 되어 있다. 철환소에는 물이 흐르지 않지만 강폭이 8천 리에 달하고 무수한 돌들이 쉴새없이 날아다니며 강을 건너는 사람들을 짓이기고 사정없이 때리기 때문에 결코 쉽게 건널 수 있는 곳은 아니다. 만약 되돌아가려고 하면 몸은 인간이나 머리는 소의 형상을 한 옥졸들이 날카로운 창으로 마구 찔러대기 때문에 어쩔 수 없이 수백 번 죽었다가 다시 깨어나는 고통을 반복하면서 그 강을 건너야 한다. 변성왕전에 이르면 여태껏 행해왔던 죄상의 대심사가 행해진다. 오판이 없도록 정확을 기하는 곳이며 그런 만큼 생전의 악행을 어느 곳보다 엄격하게 심사한다.

　이승을 하직한 지 7주째 되는 49일 만에 도착하게 되어 있는 태산왕전(泰山王殿)은 암철소(闇鐵所)라는 곳을 건너가야 한다. 암철소의 길이는 5천 리이며 온통 칠흑같은 어둠에 둘러싸여 있고, 겨우 사람 하나가 통과할 수 있는 크기의 통로에는 무수히 많은 예리한 칼들이 박혀 있다. 그 벽을 통과하다가 보면 살이 떨어져 나가고 뼈가 패이는 등 지독한 고초를 겪어야 한다.

　태산왕은 약사여래(藥師如來)의 화신이다. 태산왕전은 7주에 걸친 저승길의 마지막 심판소로서 제1심부터 제6심에 이르는 심판 결과를 기초로 하여 최종 판결을 내리는 곳이다.

　왕전 앞에는 여섯 개의 아치가 있다. 즉 지주계 아귀계 축생계 수라계 인간계 천상계 등의 육도윤회문이다. 최종 판결의 결과에 따라 그 중의 한 문을 통과해서 지정된 세계로 향하게 된다. 물론 판결 결과가 마음에 들지 않는다고 해서 가지 않겠다고 버틸 수는 없다.

　그러나 7왕전을 거치며 7번의 심판을 받았지만 사람에 따라서는 3회에 걸친 재심이 허용되는 수가 있다.

　제1회의 재심소는 평등왕전(平等王殿)이다. 이곳은 철빙

산(鐵氷山)이라는 강을 건너야 한다. 강폭은 5천 리이며 수면은 무쇠처럼 단단한 4천 리 두께의 얼음으로 덮여 있고, 표면에는 날카로운 얼음 꼬챙이가 산봉우리처럼 무수히 돋아나 있다고 한다. 그러나 단단하고 두꺼운 얼음인데도 속임수를 쓴 자가 이곳을 건너려고 하면 얼음이 깨지면서 구멍이 뚫려 그를 집어삼키고는 순식간에 다시 얼어붙게 된다.

평등왕전은 사후 1백 일이 되는 날 도달하게 되며 평등왕은 관세음보살(觀世音菩薩)의 화신이다. 지난 재판에서 드러나지 않았던 선행이 있는 경우, 이곳에서의 재심을 통해 구원을 받을 수 있다. 평등왕은 겉모습이 무시무시하지만 속은 자비심으로 가득차 있다고 한다. 평등왕은 사자가 생전에 선행을 베푼 것이 있었는데 드러나지 않은 것이 있었는가를 엄밀히 검토해서 재심 판결을 한다.

평등왕전의 판결에 불만이 있는 사람이 또 재심을 청구할 수 있는 곳은 도조왕전(都弔王殿)이다. 이곳은 죽은 지 1주년이 될 때 도착하게 된다. 도조왕은 대세지보살(大勢至菩薩)의 화신이다.

이곳의 재심에서는 광명의 상자라고 불리는 화궤〔火箱〕가 등장한다. 여러 개의 화궤를 가리키며 마음에 드는 상자를 선택해서 열라는 말을 한다. 재심을 청구한 자는 망설이던 끝에 그 중에서 하나를 선택하여 상자의 뚜껑을 열게 되는데, 그의 생전 죄가 더 이상 재심을 할 필요가 없는 경우였다면 뚜껑을 열자마자 불꽃이 솟아나와 온몸을 불사르게 된다.

만약 사자의 유족이 일주기가 되는 날 《법화경》을 필사한다든지 아미타불의 불상을 만든다든가 혹은 팔재계(八齋戒)를 받으면 이 공덕이 특별한 힘을 발휘하여 죽은 사람을 고통에서 해탈시켜 준다고 한다. 그래서 일주기가 되는 날 이와 같은 공덕을 행하는 것이다.

죽은 사람이 7번의 재판과 2회의 재심을 거쳤는데도 불구하고 도저히 승복하지 않는 자에게 마지막으로 3심의 재판을 하는 곳이 오도전륜왕전(五道轉輪王殿)이다. 오도전륜왕은 석가여래(釋迦如來)의 화신이다. 즉 부처님 자신이 최종적으로 재판을 하게 된다.

전륜왕은 눈이 열 개에 어깨가 넷이나 되는 옥졸을 거느리고 중생의 어리석음과 번뇌를 다스린다. 이곳의 옥졸은 사람이 행한 선악의 덕업을 손바닥 보듯이 환히 알고 있으며 따라서 죽은 사람의 죄업을 다시 한번 이 잡듯이 살펴보며 복덕이 크면 인계나 천계로 보내고 죄업이 크면 축생계나 아귀계로 보낸다. 아무리 피하려고 해도 인과응보는 반드시 받을 수밖에 없다는 것을 알게 될 것이다.

죽은 자는 여러 재판을 거치면서 자신이 이승에서 잘못했다는 것을 알게 되고 후회하겠지만 모든 것은 뒤늦은 것이다. 육신이 죽었으니 다시 고쳐 선업을 쌓을 수가 없게 된다. 그러나 전혀 방법이 없는 것은 아니다. 살아 있는 유족들이 망인을 위해 재를 올려주면 그 공덕의 결과로 저승에서 해탈을 얻을 수 있게 되는 것이다.

극락과 지옥

극락세계는 이승에서 서쪽으로 십만억 불국토를 지난 곳에 위치해 있다고 한다. 그곳에서는 아미타불(阿彌陀佛)께서 설법을 하고 계시며, 괴로운 일이 없고 오직 즐거운 일만 존재할 뿐이라고 알려져 있다.

극락에는 난간과 구슬로 장식된 그물과 가로수가 있는데 그들은 모두 일곱 겹이며, 금·은·청옥·수정 등의 네 가지 보석으로 화려하게 장식되어 있다. 그리고 그곳에는 칠보로 된 연못이 있다. 그 연못은 여덟 가지 공덕이 있는 물로 가득찼으며, 바닥에는 금모래가 깔려 있고, 둘레는 금·은·청옥·수정의 보석들로 된 네 개의 층계가 있고, 그 위에 누각(樓閣)이 위치해 있다. 누각은 금·은·청옥·수정·적진주·마노·호박 등으로 찬란하게 장식되어 있다.

연못 중앙에는 수레바퀴만한 연꽃이 피어 색색의 광채를 뿜어내는데 아름답고 향기롭고 정결하기가 이루 형언할 길이 없을 정도이다.

이 불국토에서는 항상 천상(天上)의 음악이 연주되며, 대지는 황금색으로 빛나고 있고, 밤낮으로 천상의 만다라 꽃비가 내리며, 그곳의 중생들은 이른 아침마다 바구니에 여러 가지 아름다운 꽃을 담아 가지고 다른 세계로 다니면서 십만억 부처님께 공양하고, 식사 후에는 산책을 한다.

또 이 불국토에는 아름답고 기묘한 여러 빛깔을 가진 백학, 앵무새, 사리새, 가릉빈가, 공명조 등이 밤낮을 가리지 않고 항상 화평하고 맑은 소리로 노래를 하고 있다. 그들이 노래를 하기 시작하면 모든 지혜의 법을 설하는 소리가 흘러나온다. 그 나라 중생들이 그 소리를 들으면 부처님을 생각하고, 법문을 생각하고, 스님들을 생각하게 된다. 이 새들은 죄업으로 생긴 것이 아니며 법문을 설하기 위해 아미타불께서 화현(化現)으로 만든 것이다.

이 불국토에는 미풍(微風)이 불면 보석으로 장식된 가로수와 그물에서 아름다운 소리가 나는데, 그것은 마치 백천가지 악기가 합주하는 것 같은 아름다운 음악 소리와 같다.

그곳에 계시는 아미타부처님의 광명은 한량없어 시방세

계를 두루 비추시며 또 아미타부처님과 그 나라 중생들의 수명은 한량없고 끝이 없는 아승지겁이 된다.

그러므로 중생들은 마땅히 저 아미타불이 계시는 불국토에 태어나기를 원해야 한다. 조그만 선근이나 복덕의 인연으로도 아미타불 세계에 가서 날 수가 있으므로 그곳에 태어나는 것이 어려운 것도 아니다.

가령 이승에 머물러 있는 동안 이렇다 할 공덕을 쌓은 일이 없는 사람이라도 임종에 앞서 한 이레나 사나흘 아니 하루나 이틀이라도 아미타불의 거룩한 명호를 듣고 한결같은 마음으로 그 명호를 외우며 극락세계에 태어나기를 간절히 바라면, 그 소리를 듣고 아미타불께서 여러 거룩한 불보살들과 함께 나투시어 목숨을 마치는 순간 생각이 뒤바뀌지 않고 극락세계에 왕생할 수 있도록 해 주신다.

만약 살아 있으면서 많은 죄를 지은 데다가 아무 공덕도 없는 상태에서 그대로 죽음을 맞이하게 되면 영혼은 지옥에 떨어져서 벌을 받을 수밖에 없다. 그 죄의 종류와 깊이에 따라 가게 되는 지옥의 종류는 다양하다.

생전에 살생을 즐기던 자가 떨어지는 지옥은 등활지옥(等活地獄)이다. 그곳에 간 자들은 서로 적의를 품고 닥치는 대로 죽이려고 덤벼들게 되며, 심심하면 무서운 형상을 한 옥졸들이 예리한 칼과 창으로 난도질을 하거나 도륙하고 철봉으로 머리를 박살내고 죽으면 곧 깨어나게 하여 죽는 고통을 거듭 받는다. 영원히 죽고 싶어도 그럴 수는 없으며 두고두고 죽는 고통을 뼈저리게 맛보아야 하는 곳이 등활지옥이다.

살생에 강도질까지 한 사람은 등활지옥 고통의 열 배에 해당하는 형벌을 받아야 하는 흑승지옥(黑繩地獄)에 떨어진다. 그곳의 옥졸들은 닥치는 대로 잡아다가 시뻘겋게 달군 철판 위에 내동댕이쳐 지글지글 끓는 고통을 맛보게 하고 또 죄인의 알몸을 마치 바둑판처럼 칼로 그어놓고 그 줄을 따라 톱으로 베어내거나, 불에 달군 쇠망으로 몰아넣어 망이 몸 속으로 파고들며 태우게 한다. 그 고통은 참을 수도 없고 벗어날 기약도 없는 것이다.

또한 산과 산 사이에 기름을 바른 줄을 매달아 놓고 그 줄을 건너게 하는데 골짜기 밑은 불에 녹은 쇳물이 흐르고 있어서 백이면 백 모두 그곳으로 떨어져 죽지는 않고 오직 뜨거운 쇳물 속에서 형언할 수 없는 지독한 고통만을 당해야 한다.

살생 강도에 간통까지 한 자가 떨어지는 곳은 중합지옥(衆合地獄)이다. 그곳에는 구리가 불에 녹아 죽처럼 흐르는 강이 있다. 옥졸이 죄인을 그 강 속으로 처박는다. 이때 무서운 부리를 가진 독수리가 달려들어 죄인의 눈알을 쪼

아먹는다. 만약 죄인이 강가로 기어오르려고 하면 옥졸은 사정없이 매질을 한다. 또한 어떤 죄인은 쇠절구 속에 넣어져 쇠절굿대로 방아찧듯 찧어지기도 한다.

또한 이곳에는 잎이 면도날과 칼 바늘 등으로 이루어져 있는 도엽림(刀葉林)이라는 숲이 있다. 그 숲의 나무 위에는 요염하기 이를 데 없는 미인이 있어 만약 죄인이 이승에서의 버릇을 못 버리고 미인이 있는 나무 위로 올라가려고 하면 그 순간 바늘이 손과 몸을 뚫고 면도날은 살점을 떼어내며 칼은 뼈다귀를 부러뜨린다. 가까스레 나무 끝에 올라보면 어느 새 미인은 나무 아래로 내려가서 색정에 찬 자태로 유혹을 한다. 다시 나무 밑으로 내려와 보면 미인은 또 나무 위에 가 있다. 죄인은 욕정에 사로잡혀 이런 식으로 오르내리기를 반복하다가 만신창이가 되는 형벌을 받게 된다.

살생·강도·간통에 음주의 죄악까지 범한 자가 가는 곳은 규환지옥(叫喚地獄)이다. 이곳에는 뻘겋게 단 쇠판자 위를 달려야 하는 형벌을 비롯해서 갖가지 고통이 기다리고 있다. 옥졸은 죄인을 기름이 끓고 있는 거대한 크기의 가마솥으로 던져 넣어 튀기는 한편 죄인의 입을 억지로 벌려놓고 용암같은 구릿물을 부어넣기도 한다. 입과 혀는 물론 내장까지 타들어간 죄인은 땅 위를 허우적거리며 외치고 울부짖을 따름이다.

대규환지옥(大叫喚地獄)은 살생 · 강도 · 간통 · 음주에 거짓말까지 한 죄인이 가는 지옥이다. 죄인은 모래와 더불어 거대한 냄비 속에 넣어져 같이 불에 볶여지기도 하고, 가마솥에 넣어져 삶아지기도 하고, 불꽃이 너울거리는 쇠로 된 방안에 갇혀 타 죽는 고통을 맛보기도 한다. 매 순간 순간마다 느껴야 하는 고통은 영겁에 미칠 만큼 엄청나나 아무도 돌보아 주는 사람이 없고 그 고통은 언제 끝이 날지 기약도 없는 것이다.

초열지옥(焦熱地獄)은 살생 · 강도 · 사음 · 음주 · 거짓말에 사악한 마음까지 품었던 자가 떨어지는 지옥이다. 이곳에서는 불에 벌겋게 단 철판 위에 죄인을 눕히고 철봉으로 두들겨 패며 마치 통닭구이를 하듯 쇠막대기를 죄인의 항문에 꽂아 입으로 빼내서 불로 지글지글 굽는 형벌을 가한다.

대초열지옥(大焦熱地獄)은 초열지옥에 떨어질 죄악에다가 비구니 스님을 범한 자가 가는 지옥이다. 초열지옥과 대동소이한 형벌을 받게 되는데 다만 미리 형벌을 받는 모습을 구경시켜 공포심을 더욱 가중케 만들며, 거대한 불바다에 죄인을 떨어뜨려 화염 속에서 허우적거려야 하는 고통이 추가된다.

스웨덴보르그의 영계(靈界)

스웨덴보르그는 스웨덴이 자랑하는 위대한 과학자이며 수학자이고 발명가이기도 하다. 그는 1688년 스톡홀름에서 태어났으며, 웁살라대학을 졸업했고, 런던에서 5년 동안 생활하며 물리학자인 뉴튼, 천문학자인 할레, 수학자인 라일 등에 관하여 연구를 한 경력을 가지고 있다. 귀국해서는 왕립광산대학에서 강의를 했고, 부총장을 지내기도 했었다.

스웨덴보르그가 세상을 떠난 것은 그가 런던에 머물고 있던 때인 1772년이었다. 그는 처음에 조국 땅이 아니라 이국에 묻히게 되었다. 그의 유해가 스웨덴에서 파견한 군함에 실려 조국으로 돌아온 것은 그로부터 140여 년이 지난 1908년의 일이었다. 스웨덴보르그의 학문적인 업적을 인정한 스웨덴 한림원에서 국왕에게 특별히 청원하여 조국의 땅에 묻힐 수 있도록 한 것이었다.

스웨덴보르그의 업적은 20세기로 들어오면서 더욱 높이 평가되고 이해되기 시작했다. 1910년 런던에서 개최된 국제 스웨덴보르그 회의에서는 온 세계의 학자 종교가 등 4백 여 명이 참석하여 20개 분야로 나누어 그의 업적을 토의하고 기린 바 있다.

생전의 그는 한번 죽었다가 소생한 경력이 있었다고 한다. 그는 이로 인하여 영계(靈界)가 있다는 것을 알게 되었고, 자신이 영계로 들어가서 직접 보고, 그곳에 있던 영들과 사귀어 알게 된 신비한 체험을 기술한 저서를 한 권 남겼다.

그의 저서는 좀처럼 믿기 어려운 내용들로 이루어져 있으나 세기의 대석학이었던 그가 자신의 체험이라는 단서를 붙여 출간한 책의 내용을 또한 일방적으로 무시할 수만도 없을 것 같다. 그 책의 내용을 요약해 보고자 한다.

모든 이승에서의 활동을 끝내고 숨을 거둔 상태로 누워 있는 죽은 자. 그는 이승에서의 삶은 마쳤지만 그것으로 모든 생명이 소멸된 것은 아니다. 죽음은 곧 저승에서의 삶을 출발한 것과 같다. 가령 바람이 담 저쪽으로 넘어가 버리면 이쪽은 고요하나 담 저편은 바람이 여전히 불고 있는 것과 같이 그렇게 생명이 연장되고 있는 것이다.

놀라운 것은 죽은 자의 몸 안에서 저승세계로 첫출발하는 채비를 갖춘 그림자같은 영혼이 일어나며 몸과 분리된다는 사실이다. 이때 저승계에 먼저 들어와 있던 저승길 안내인과의 첫 대면이 시작된다.

이승의 가족들은 여전히 죽은 자의 침대가에 앉아 그의 죽음을 애도하지만 죽은 사람은 여기에 아랑곳하지 않고 저승의 사람과 이승 사람들이 알아듣지 못하는 말로 대화를 주고받기 시작한다.

세상 사람들은 육체가 죽으면 만사가 끝장이라고들 하나 육체가 죽은 뒤에도 의식은 분명하게 살아 있으며, 살아 있을 때와 똑같은 형태의 모습을 한 복사체(複寫體)로서 존재한다.

육체의 죽음으로 세상의 물질계에서 떠난다고 하지만 영혼의 입장에서 보면 단지 필요없게 된 육신의 사용을 포기한 것에 지나지 않다. 그러므로 죽음이란 육체를 버린 인간이 영혼으로 새로운 세상을 향하여 떠나는 것과 같다.

이 새로운 여행을 떠나기까지는 보통 2~3일 동안의 기일이 필요하다. 그 사이에 저승길 안내자로부터 저승세계에 대한 것을 배우고 또 자신에 대하여 생각해 볼 수 있는 기회도 갖게 된다.

죽어서도 생각을 하게 되고 저승 사자와 만나는 장면을 좀 더 자세히 살펴 보기로 하자.

가령 시체가 된 자는 이런 생각을 하게 될 것이다.

나는 분명히 조금 전에 죽었다. 그런데도 여전히 생각을 하고 있다니 지금 꿈을 꾸고 있는 것일까?

그러나 그는 이내 알게 될 것이다. 자신이 다시는 육체의 눈을 뜨고 주위에 있는 사람들을 보거나 입을 열어 말을 건네거나 할 수 없다는 것을. 그렇게 되면 이것이 죽음이구나 하는 인식이 서서히 그를 지배하게 된다. 동시에 그는 저승의 조용한 호흡을 시작하게 된다.

이때 그의 눈앞에는 희미하기는 해도 넓고 넓은 대평원과 같은 풍경, 건너편이 보이지도 않는 넓은 강, 엷게 하늘에서 내리비추는 태양과 같은 것, 무엇인가 인간을 연상시키는 희미한 모습이 느껴지게 되고, 그 얼마 후에 몽상인지 환상인지 분간하기 힘든 생각에서 깨어나게 된다.

그렇게 되면 자기 앞에 그때까지 상상해 보지 못했던 두 개의 그림자가 자기 곁에 앉아 있는 것을 보게 될 것이다. 인간을 연상시키던 희미한 모습이 비로소 확실하게 모습을 나타낸 것이다. 그들이 새로운 영혼을 인도하기 위해서 저승에서 온 사자들이다.

사자는 자신의 존재를 의식한 새로운 망자의 얼굴을 가

만히 응시하기 시작한다. 그러면 영혼은 왼쪽 눈 위에 얹어놓은 형겊 같은 것이 조용히 걷히고 있는 것을 느낌과 동시에 왼쪽 눈에 조금씩 빛이 비춰지고 있는 것을 알 수 있게 된다. 다음에는 얼굴 전체를 덮고 있는 부드럽고 엷은 천이 조금씩 말려 올라가는 것을 느끼게 된다. 이때쯤이면 그는 죽어서도 죽지 않고 살아 있음을 알게 되고 영혼이 불멸하는 것임을 자각하게 될 것이다.

인도하는 사자가 말할 것이다.

"그대는 이제 이승을 떠나 영혼으로서의 영원한 삶 속으로 들어가게 된다."

이승을 떠난 영혼을 정령(精靈)이라고 한다. 정령은 두 명의 인도령을 따라가기 시작한다. 이승을 떠난 영혼은 바로 저승계로 가는 것이 아니라 일단 정령계를 거쳐서 저승으로 가게 되어 있다.

정령계는 거대한 바위산과 빙산, 끝없이 이어지는 산봉우리들로 이루어진 웅장한 산맥에 둘러싸여 있으며, 산맥과 산맥 사이에 저승인 영계로 갈 수 있는 통로가 나 있다. 그 통로는 정령계에 있는 정령들의 눈에는 잘 보이지 않으나, 그들이 영계로 갈 준비가 끝났을 때면 비로소 눈에 보이게 된다.

그러나 이곳 정령계의 정령들은 마치 이 세상의 사람들

이 이 세상만이 전부라고 생각하고 있는 것처럼 정령계만이 있는 것으로 믿고 생활하게 된다. 이곳은 틀림없이 저승계의 일부라고 할 수는 있으나 아직도 많은 점에서 이 세상과 닮은 데가 있다. 때로는 죽은 자들이 아직도 죽었음을 자각하지 못하고 살아 있는 것으로 착각하기도 한다. 그래서 정령들은 이런 대화를 나눌 수 있다.

"내가 세상에 있을 때 너의 장례 준비를 사람들이 하고 있는 것을 보았지. 너의 육체가 막 땅에 묻히려고 하고 있었어."

"나의 육체가 묻히려고 하다니 무슨 말이야. 나는 지금껏 이렇게 살아 있지 않은가? 그런 일이 있다면 즉시 중지시켜야지."

그러다가 자기가 죽었었다는 사실을 자각하게 되면 다음과 같이 말할 것이다.

"이제야 생각이 나는군. 나는 지금까지 정령이 되어 있었다는 것을 잊고 있었어. 내가 죽었다면 내 육체가 묻히는 것을 상관할 바는 아니지."

이와 같이 인간계와 정령계는 너무 비슷하기 때문에 자기는 분명히 죽었는데, 다시 그대로 살아 있는 것에 놀라는 정령도 많다. 즉 나는 죽었다고 생각했는데 이렇게 살아 있다니 도대체 어떻게 된 일인가. 내가 죽었다고 생각하는 것이 환상이란 말인가. 그런 의문이 끊임없이 떠오를 수 있다.

그러나 죽었다는 것이 육체적으로 죽었을 뿐이지 정령으로 다시 태어났음을 알아 쓸데없는 망상에서 벗어나야 하며, 이도 분명한 사실임을 알아야 한다.

모든 종교에서 영혼의 불멸을 가르치고 있으나, 대부분의 사람들은 눈에 보이는 형상에만 집착할 뿐 영혼의 불멸을 믿지 않는 관계로 죽은 후의 세상에 적응하는 데 많은 시간이 걸리기도 하고 또 여기에서 더 나은 세상으로 가야 함에도 이승의 이면에서 밤낮없이, 육신없이 살아 있다는 생각만으로 헤매기도 한다.

또 이곳에서는 이생에서와 비슷한 점이 많아 이생의 육신 형태는 없지만 얼굴의 생김생김도 비슷하고 인식도 비슷할 뿐만 아니라, 또 산이나 강, 집 등 무엇이든지 이승과 똑같은 형태로 존재해 있다.

여기서 정령은 상층 부위에 살고 있는 영으로부터 심사를 받게 되는데, 검사하는 영 앞에 서 있던 정령의 발밑에 한 권의 메모장이 나타나 그 정령이 인간계에 있었을 때 저지른 과거의 죄상이 낱낱이 기록되어 있다. 더구나 놀라운 것은 그 자신이 이 세상에 있을 때에는 까마득하게 잊어버리고 있었던 일까지도 적혀 있다.

한 정령이 큰 강 위를 날고 있었던 것 같이 생각했는데, 강 위를 지나자 눈 아래 넓은 바다가 보이기 시작했다. 바다에는 이생에서 볼 수도 없고 상상조차도 할 수 없는 짐승과 물고기가 보였다. 그가 가고 있는 방향의 어두운 하늘에서 하나의 작게 빛나는 별과 같은 것을 보았다. 바다 위를 꽤 오래 날았을 때 그는 조금 전까지 아주 작게 보였던 별이 갑자기 거대한 빛의 덩어리가 되어 그를 태워 버리려고 하는 것을 순간적으로 느끼고 너무나도 질린 나머지 눈을 꼭 감아 버렸다.

한참 뒤에 눈을 떠 보니 정령계의 광경 따위는 흔적도 없고 눈에 들어오는 것은 어디까지 이어져 있는지조차 알 수 없는 적갈색의 광막한 세계, 그 속에 저녁노을과 같은 희미한 밝음 속에 혼자 있었다.

얼마 후에 기묘한 일이 일어나 그의 가슴을 설레게 하였다. 적갈색의 마치 죽음의 사막과도 같은 세계의 저편에 약한 빛을 발하는 태양 비슷한 것이 보이기 시작했다. 그 태양의 높이는 가슴께에 닿을 정도였는데, 말할 수 없는 기묘한 느낌을 품게 했다. 이 태양의 희미한 빛을 통하여 울퉁불퉁한 바위산과 산들 주위에 고대 이집트의 벽화가 그려져 있는 집들이, 또는 환상의 세계에 존재하는 동물들이 이리저리 돌아다니고 있는 따위의 모습이 보였다.

이때 사람의 모습을 한 한 영혼이 나타나서 말했다.

"너는 이제야말로 영원한 영이 되었도다. 이곳은 영계이니라. 그대는 아직 이곳에 익숙하지 않을 것이다. 이곳에는 불가사의한 일이 많다. 너도 곧 그런 것들에 익숙해질 것이다."

이곳에서 아직 덜 깨우친 영혼은 주변 사물이 확실하게 존재함에도 마치 눈 어두운 사람처럼 흐리게 보이거나 또는 전혀 보이지 않기도 하나 차차 뚜렷이 나타나며 아무리 수천 리 떨어져 있다고 하여도 가고만 싶으면 금방 목적지까지 이동할 수 있게 될 것이다.

영계의 영혼들도 물론 이승에서의 육체라고 표현할 수 있는 몸을 지니고 있으며 의견교환 방식은 무엇을 물어 보려고 생각을 하면 묻기도 전에 벌써 마음 속의 생각을 알고 또 그 답이 그대로 마음 속에 들어오는 것이다.

그리고 이곳에는 무수하게 많은 부락같은 것이 있는데, 한곳에 사는 영혼들은 그 용모라든가 성격이라든가 생김생김은 다르다고 하여도 전원이 어딘가 공통되는 성질을 가지고 있으며, 서로 닮은 점은 이생에서의 어떤 혈육관계보다 더하고 친밀의 도도 그 이상이었다. 형태는 달라도 비슷한 삶을 사는 사람들이 함께 모여 사는 듯싶은 느낌을 준다.

이곳에는 세 개의 세계가 있으며 그곳은 상중하의 삼세계라고 한다. 삼세계는 영계라는 점에서는 똑같고 성질도 비슷하지만 세 세계에 사는 영의 성질에는 주로 그 영의 인간적 높이라는 점에서 차이가 있다. 상세계에 사는 영은 영으로서 마음의 창문이 가장 활짝 열려 있고, 중세계는 그 다음이고, 하세계는 중세계보다 열등하다.

이곳에는 영적으로 순화된 영들이 살고 있는 거대한 궁전이 있는데 지상에서는 상상조차 할 수 없는 아름다움과 황홀함으로 가득찬 거대한 궁전이다. 그곳의 남쪽에는 틀림없이 낙원이라고 할 수 있는 정원이 있고, 그 정원 또한 매우 휘황하게 빛나는 것뿐이다.

인간이 죽은 후에 존재하는 가장 근본적인 것은 그 인간의 순수한 성품이다. 세상에서의 지식이나 창조적인 인격의 고매함 등은 차별을 규정지을 수 있는 요건이 되지 못한다. 가령 세상에서 남들로부터 존경받기를 좋아하거나 자기가 고매하다고 생각했던 것 따위는 착각에 지나지 않는지도 모른다. 세상에서는 덕망이 높거나 높은 지식을 가졌거나 높이 평가받았던 사람이라도 그들이 본래의 영으로 돌아왔을 때는 마치 연극이 끝난 배우가 무대 뒤로 돌아온 것과 같다. 연극이 끝난 뒤에도 자기가 주인공인 양 뽐내거나 우쭐해 있다면 경멸을 받을 수밖에 없을 것이다.

세상에 있을 때의 생각에만 붙들려 영적인 마음을 여는 것을 거부하고 아집에 빠져 있는 불행한 영혼들도 많이 있다. 차라리 마음이 순진하고 곧은 사람들이 이곳에서는 훨씬 더 크게 깨닫고 지성과 이성면에서 뛰어난 영이 되어 상위의 세계로 들어갈 수 있게 된다.

영계에서도 남녀의 영 사이에 결혼이 이루어진다. 그러나 이곳에서는 영적 초조감 친화감의 절대적인 극치에서만 이루어지며 인간이 결혼하는 것과 같은 세속적 형태의 일은 발생하지 않는다. 남성은 이성과 지성이 뛰어나고 여성은 감정이 아름답다는 면에서는 인간의 경우와 비슷하나 영이 결혼을 하면 남성 영의 이성과 지성은 그대로 여성의 영에게로 흘러들어가고 여성 영의 정은 남성의 영 속으로 그대로 흘러들어가서 하나의 온전한 인격을 형성한다. 합해진 영혼은 별개로 있을 때보다 훨씬 더 훌륭한 영체가 되고 결혼한 남녀의 행복감 내지는 능력도 최고의 것으로 된다.

그리하여 이후부터는 두 사람의 영으로서가 아니라 한 사람의 영으로 취급되는 것이 당연하다. 왜냐하면 서로의 몸이 모두 상대방 속으로 들어가 일체가 되기 때문이다.

결혼의 목적은 어떤 욕망이나 자손을 구하기 위한 것이 아니라 두 명의 깨달음이나 행복이나 이성적 혹은 영적 능력의 향상에 있는 것이다.

지옥은 영계의 땅 밑에 있다. 그곳에 떨어진 영들은 얼굴 생김생김이나 모습이 어느 것을 막론하고 천차만별 다른 얼굴인데, 그 얼굴 모습이 흉악한 귀신처럼 무섭고 괴기하게 생겼다.

어떤 자의 얼굴 생김새는 귀신같이 눈이 쏙 들어가 코 가장자리만이 어두운 구멍이 되어 죽은 살이 떨어져 있고, 또 어떤 자는 이를 드러내고 히죽히죽거리며 보기 싫고 기분 나쁜 웃음을 얼굴에 띠며, 어떤 자는 얼굴 반쪽이 달아나 버린 반쪽을 해 가지고 있기도 한다. 짐승을 연상시키는 얼굴, 망령으로밖에 보이지 않을 각양각색의 괴기한 모습이다.

특히 무섭게 생긴 것은 한가운데에서 고함을 지르는 영인데 키도 두 배 가까이나 되는 거인이고 두 눈은 이글이글 불타고 귀밑까지 찢어진 커다란 입에서는 새빨간 혀가 뱀처럼 날름거린다.

현세에 살고 있을 때 물질적인 욕망이라든가 색에 대한 욕망, 명예욕 혹은 지배욕 등 인간의 외면적 표면적인 감각을 기쁘게 하는 일에만 마음을 쓰고 참다운 영적 사항을 극단적으로 부정한 사람의 경우, 영계의 빛나는 태양빛이나 영이 부여하는 행복이라든가 영적 이성의 빛남을 느끼지 못하고 오히려 지하세계의 불에 마음이 이끌리고 지옥의 흉악한 영들에게 친근감을 느끼게 되어 그곳으로 들어가게 되는 것이다.

지옥에 들어가게 되면 영계쪽의 밝은 빛이나 영으로부터의 희열을 느끼지 못하게 되고 대신 자기의 욕망을 만족시키는 것을 기뻐하게 된다. 이러한 욕망을 다른 흉령을 지배하거나 다른 영에게 악업을 행하거나 혹은 다른 영으로부터 칭찬을 듣고 싶다는 등의 물질계적인 저급한 것으로 채우게 된다.

이곳은 서로 각자의 욕망만을 위하여 다툼질하는 투쟁, 고통, 추악함, 더러움 등으로 가득 차 있으며 항상 서로가 다른 영들을 지배하고 학대하며 희생시키는 것으로써 자기의 기쁨을 삼으려고 하기 때문에 질서가 없고 오직 있는 것은 추악한 아집의 대립뿐이다.

이곳에는 인간계의 법률이나 사회적 규범이 없기 때문에 아주 적나라하고 무시무시한 악의 행위를 마음대로 저지르게 된다. 욕심을 채우기 위한 끝없는 투쟁을 하는 가운데 얼굴과 몸의 형태가 찌그러지고 추악하게 변하는 것이다.

지옥에는 악취가 매우 심하게 진동한다. 그 속에서 악령들은 아귀다툼을 벌이고, 노여움, 증오심, 복수의 집념과 허위 따위에 매여 살아가고 있다. 가령 악한 자를 잡아다 눈이나 복부에 막대기를 쑤셔놓고 좋아하거나 손가락을 박살내고 신음하는 것을 음악처럼 즐기기 때문에 그 참혹상이란 이루 형언할 길이 없을 정도이다.

지옥도 셋으로 나누어지는데, 밑바닥이 없는 늪의 시커먼 안개 속에 싸여 있으며, 밑으로 내려갈수록 흉악한 영이 사는 무서운 세계가 된다.

영혼체를 지배하는 것

　사람은 죽은 후에도 육체의 모양을 그대로 지니고 있다
고 한다. 피와 살과 뼈로 이루어진 육신을 버린 영혼의 구
성 물질은 과연 무엇일까. 어떤 사람은 그것을 유동성복체
(流動性復體)라고 했고, 또 다른 사람은 에테르성이라고도
하였다. 아무튼 그것은 물질과 다르지 않으며 원자의 배열
만 다르다는 것이 일반화되어 있는 견해이다.

　생명력은 모든 에너지의 근원으로서 다른 모든 종류의
에너지와 다른 형태의 에너지가 나오는데 이는 육체나 음
식물과는 별개로서 마치 전기가 열과 빛을 내는 유리전구
나 그 안에 있는 필라멘트와는 별개인 것과 같다. 다시 말
해 백열전구가 깨지면 빛을 발하지 못하지만 그 이면에 흐
르고 있는 전기량은 감소하지 않는다. 그와 같이 만일 육
체가 죽더라도 생명에너지는 육체와 똑같은 복사체인 영

혼을 통하여 감소됨이 없이 계속 작용하고 있는 것이다.

그러나 현재로서는 영혼체의 정확한 성분은 밝혀지지 않고 있다. 죽기 직전 사람의 무게와 죽은 직후의 무게를 달아서 영혼의 무게가 얼마나 나가는가 하는 계산은 해보 았지만 영혼의 정확한 무게와 물리적 화학적 구조와 성분 에 대하여 공식적으로 인정할 만한 연구결과가 나와 있는 것은 아니다.

그러므로 영혼체는 지식의 범주를 넘어서 존재하는 것 이며, 사람이 죽는 것과 때를 같이하여 태어나는 것은 확 실하나 그것의 구성요인에 대해서는 무엇이라고 단정해서 말할 수는 없을 것이다.

죽은 사람의 영혼체를 보았다는 사람은 의외로 많다. 그 들의 이야기를 종합해 보면 영혼체도 옷을 입고 있더라고 한다. 물질계를 떠난 영혼들이 물질로 된 옷을 입을 수는 없을 것이나 그들의 옷에 대한 구상과 옷을 입겠다는 의지 로 각기 성격대로 옷을 걸치고 있는 것이라고밖에 그 현상 을 설명할 수 없을 것이다. 영혼체는 이생에서의 관습대로 사고하고 또 사고한 즉시 스스로 만들어내는 환영 속으로 들어간다. 그러므로 이생에서의 백일몽이나 환상 또는 공 상적인 생각들을 영혼체는 그대로 현실로 펼치는 것으로 보여진다.

만일 어떤 사람이 사람들로부터 떨어져 살아왔다면 죽은 후에 영혼체로 태어날 때 평소 자기의 생활 무대와 비슷한 환경에 처해 있는 것을 볼 수 있을 것이다. 즉 이생에서 죄를 짓고 쫓기다가 죽은 경우는 죽은 후에도 자기 스스로 쫓기는 환상을 지어 언제 끝날 줄 모르는 도망질을 반복하게 된다. 고통에 못 이겨 강에 몸을 던져 죽은 후에도 계속 이때의 사고를 지우지 못하고 몇 번이고 강에 몸을 던지는 행위를 재현하는 식이다. 영혼체는 모든 것을 상념 즉 마음에 의하여 지배하거나 표출한다는 말이다. 즉 마음 속에 무엇을 두고 있느냐에 따라서 실제로 그렇게 재현되는 것이다.

만약 어떤 청년이 실연의 보복으로 상대 여성의 목을 졸라 죽였다고 하자. 그런 일을 저지른 사람은 죽은 후에 여기에 대한 벌을 받을 것이라는 공포를 느끼게 될 것이다. 그러면 이 공포가 사고의 형태로 실상화되어 무서운 괴물을 만들어 내어 이 괴물에게 수십 번 물리고 죽음을 당하는 것이다. 이것이 지옥에서 당하는 고통이다. 영혼체를 지배하는 것이 곧 마음이므로 사후에 극락에 가거나 지옥에 떨어지는 것을 결정하는 요소도 곧 자기 마음이라고 할 수 있을 것이다. 스스로 짓고 스스로 받게 된다.

남에게 몹쓸 짓을 한 사람은 이생에서도 매일 초조해하

고 불안에 떨게 되며 악몽으로 곤욕을 치르게 될 것이다. 이생에 있을 때는 꿈을 깨면 고통으로부터 일시적이나마 탈피할 수 있겠지만 죽은 자는 영원히 고통에서 헤어나지 못하게 된다. 죽음이란 소멸이 아니라 영원히 사는 영혼체로서의 탄생을 의미한다.

두 사람이 동시에 죽었다고 해도 그들 영혼체가 겪어야 하는 상황은 전혀 다를 수밖에 없다. 즉 서로 정신 상태가 다르듯이 각기 다른 저승의 현실 세계를 창조하기 때문이다. 자기 스스로 극락과 지옥을 만든다는 말이다. 한편 비슷한 감정을 가진 영혼들은 무리를 이루어 한 곳에 살게 될 수도 있다.

분명한 것은 이생에서의 잘못은 추호라도 그대로 넘어갈 수 없게 된다는 점이다. 이생에서 감사할 줄 모르는 생활을 한 영혼은 나쁜 상념만이 남아 이곳에서도 그대로 작용을 하기 때문에 자기 나름대로의 반성이 없는 한 형벌 아닌 형벌은 언제까지라도 지속된다. 그렇기 때문에 우리는 죄를 짓지 않고 올바른 마음으로 살아가야 하는 것이며, 행여 잘못한 것이 있으면 살아 있는 동안에 고치고 반성하고 참회하여야 하는 것이다.

영혼의 진화

육체는 나이를 먹으면 점점 병들고 늙어서 죽음에 이르게 되지만 영혼은 시간의 흐름에 관계없이 그대로일 수 있고 어떤 공간과 형태 속에서도 자유로울 수 있다. 그러므로 인간이 병의 고통이나 육신의 손상으로 인한 아픔 때문에 몸부림치다가 죽는다고 하더라도 죽은 직후에는 실이 끊어진 연처럼 모든 아픔과 두려움이나 고통으로 연결되었던 고리가 끊어지면서 그런 것으로부터 해방이 된다.

육신을 떠난 영혼은 당연히 잠시 어리둥절해질 수밖에 없을 것이다. 사고(思考)나 몸의 형태가 이생에서와 하등의 차이가 없기 때문에 도무지 자신이 죽었다는 생각도 들지 않을 뿐만 아니라 손상을 입었던 육체도 어느 사이엔가 정상으로 돌아와 있는 것을 발견하게 될 것이다. 가령 눈이 잘 보이지 않던 사람은 시력이 손상되기 이전 상태인

정상으로 돌아오며, 다리가 절단되었던 사람도 정상으로 회복되기는 마찬가지이다. 모든 병으로 인한 고통도 일시에 사라졌음을 알게 될 것이다. 그래서 시간이 지나야 죽었다는 것을 깨닫게 된다.

생전에 영혼의 존재를 부정하고 사후 세계에 대하여 코웃음을 쳤던 사람은 자기의 의식이 있는 한 죽었다는 사실을 믿지 않기 때문에 이승과 저승을 구분하여 인식하기까지는 이생의 시간으로 몇십 년에서 몇백 년 아니 그 이상의 무수한 시간이 걸릴 수도 있다.

그러나 살아 있을 때 종교를 믿고 사후 세계를 준비하면서 공덕을 쌓은 사람은 죽은 그 직후나 2~30시간이면 자신이 죽었다는 것을 분명하게 깨닫게 된다.

저승 세계를 부정하면서 영혼이 불멸한다는 것을 인정하지 않았던 사람은 사후에 어쩔 줄을 몰라 당황하거나 죽은 곳에서 떠날 줄도 모르고 이승의 이면에서 이승 사람들에게 알게 모르게 해를 끼치는 원혼이 되어 떠돌게 될 수도 있다.

죽은 뒤에 몸에서 분리되어 나온 영혼은 그냥 그대로 허공을 부유(浮游)하며 존재하고 있는 것만은 아니다. 영혼도 보다 나은 환경으로 진화하기 위하여 얼마든지 노력할 수가 있다. 그 노력에 의하여 영혼의 환경이 변한다.

그러나 가장 중요한 것은 죽기 전 이생에 있을 때 깊은 수양을 통한 신앙생활을 하여 자아를 맑게 해 두면 그것이 저승의 삶을 준비하는 것이 된다는 사실이다. 정진을 통해 투명한 영혼을 가꾼 사람들은 사후에 보다 나은 환경 속에 태어날 수 있게 되는 것이다. 극락에도 가고 윤회고에서 벗어나 천상락을 누릴 수 있게 된다.

이승에서 못다 이룬 꿈 혹은 한을 가진 상태로 죽은 영혼은 저승길에 들지도 못하고 그 꿈이나 한을 풀기 위하여 죽어서도 이승 가까이에서 살아 있는 양 행동하기도 한다.

한 젊은이가 처녀를 강제로 욕보이는 사건을 저질렀다고 한다. 뜻하지 않은 봉변을 당한 여자는 비분강개를 참을 길이 없어 그만 저수지에 스스로 몸을 던져 자살을 기도하고 말았다.

처녀의 투신 사건은 자살로 처리되었다. 가족들은 자살할 이유가 없다는 점을 들어 타살임을 주장했지만 물에서 인양된 시체에는 타살의 흔적이 없었고, 유서와 같은 결정적인 증거를 남기지도 않았기 때문이었다. 그래서 강간을 범했던 젊은이는 요행히 법적인 처벌을 하나도 받지 않던 것이다.

그러나 그런 일이 있은 얼마 후부터 그 젊은이는 밤에 잠을 자다가 자살한 여자가 소복 차림으로 입에 칼을 물고 그의 가슴을 타고 앉아서 목을 조르는 꿈을 꾸기 시작하였다. 그는 가위에 눌려 고통스러운 신음을 토하다가 소스라쳐 깨고는 하였다.

그는 밤이 돌아오는 것이 무서워지기 시작했다. 잠을 잘 수가 없었기 때문이다. 설핏 잠이 들었는가 하면 악몽을 꾸고 깨어나고는 하니 눈에 핏발이 설 수밖에 없었다. 공포와 전율에 시달리며 식은땀을 쏟아내니 몸이 온전할 리가 없었다. 그는 마침내 직장도 다니지 못하게 되었다.

그에게 밤마다 나타나는 여자는 다만 꿈일 뿐인가, 원한을 가지고 죽은 여자의 혼령인가. 죄책감에서 헤어나지 못하는 가해자가 스스로 만들어내는 환영이라고 말할 사람도 있을 것이다. 그러나 복수를 하리라고 다짐하면서 스스로 목숨을 끊은 여자의 원혼이 구천에 들지 못하고 그의 곁을 맴돌다가 밤이면 꿈에 나타나 복수를 하고 있는 것이라고 하지 않을 수 없다.

마치 어떤 한 가지 생각에 몰두하고 있으면 시간 가는 줄도 모르고 그 생각이 바뀔 때까지 때로는 상황이 바뀔 때까지 주위를 전혀 의식하지 못하는 것처럼 복수의 집념에 사로잡혀 있는 원혼은 죽었으면 가야 하는 저승길이 있는데도 자신이 죽었다는 사실조차도 의식하지 못한 채 이승의 주위를 떠돌고 있는 것이다.

처녀귀신이 원념에서 깨어나게 될 날이 있을 것인가. 언젠가 그렇게 된다면 저승계의 율법에 따른 형벌을 받아야 한다. 복수를 통해 원한을 푸는 것은 작은 위안에 불과하겠지만 그로 인해 받아야 하는 저승계의 벌은 너무나 무거운 것이어서 영겁토록 고통을 받아야 한다.

인간이 저지른 죄악은 세상법으로 심판받지 않게 된다고 해도 그에 따른 보응(報應)을 피할 수는 없다. 그러므로 가해한 자의 응보는 영계를 관장하는 심판자에게 맡기고 일단 이승을 떠난 영혼은 저승길을 가야 한다.

살아 있을 때 스스로 영혼의 불멸을 믿으며 사후 세계를 대비해 놓지 않은 영혼이나 원혼을 진화된 환경으로 가게 해 주기 위해서는 천도가 필요하다.

흰빛 밝은 마음으로

　죽음을 통해 육신에서 분리된 영혼은 곧바로 극락에 가거나 지옥으로 보내지는 것은 아니다. 인간이 이승에서의 목숨을 마쳤으나 다른 곳에 아직 태어나지 못한 기간을 중유(中有)라고 한다. 중유기간에 놓여 있는 무수한 혼령이 지금도 어둡고 두려운 공간을 헤매고 있는 것이다.

　천도란, 위로는 불보살과 여러 신중님들에게 공양을 올리어 복을 짓고, 아래로는 육신을 버리고 이승을 떠난 영가를 비롯하여 떠도는 영혼들에게 베풀어서, 인연된 자리에서 부처님의 설법을 들어 육신 생멸의 허망을 영가가 깨달을 수 있도록 하여 본래 자성의 청정한 마음으로 돌아갈 수 있도록 해 주는 것을 말한다.

　천도받지 못한 영가들은 이승의 사람들에게 해를 끼친다. 어떤 마음을 지닌 사람들이 그들에게 농락을 당하는지

를 살펴보았다. 이 글을 정리한 목적은 물론 천도의 필요
성을 설명하기 위함이다.

　후손된 자의 도리는 먼저 가신 선친의 혼령이 삼악도에
빠지지 않고 윤회육도의 미계(迷界)로부터 벗어나 서방정
토의 극락세계에 왕생할 수 있도록 해 드리는 일이다.

한 집에 차린 두 살림

영혼이 떠나간 육신을 송장이라고 부르며, 육체가 없는 영혼을 귀신이라고 부른다.

그런데 귀신은 우리 눈에만 보이지 않을 뿐 이생에 살아 있을 때와 똑같은 애착과 집착 또는 개성을 지니고 있다고 한다. 또한 육신은 세월의 흐름에 따라 늙고 죽는 변천을 하지만 귀신은 시간과 공간에 얽매이지 않고 다음의 윤회생을 받을 때까지 몇십 년 혹은 몇백 년이고 존속할 수가 있다.

영의 세계가 있다고 하면 흔히들 허무맹랑한 이야기를 하고 있다고 부정하지만 분명한 것은 어느 민족의 역사이든 거기에는 죽은 자들의 영혼을 다루는 주술사들의 형태가 여러 면에서 지금까지 남아 있다. 그리고 모든 종교가 과학이 발달한 지금까지도 인간의 사후 세계에 대한 구원의 문제를 중요한 믿음의 대상으로 삼고 있다는 사실을 부인할 수 없다는 점이다.

성경 속에서도 수많은 악한 영들, 사탄·마귀라 불리는 그들을 제거시키는 내용을 접할 수가 있고 불교에서도 죽은 자의 영혼을 천도시키는 의식 또한 매우 중요한 의식 중의 하나로 존재해 있다. 그런가 하면 민속 신앙이라고 할 수 있는 무당의 굿 중에도 죽은 자의 영혼길을 닦아주는 나름대로의 의식이 있는 것이다. 이런 것들은 아프리카의 흑인 의식 속에서나, 아메리카의 인디언 의식, 우리 나라의 유교의식(儒敎意識) 등등에 면면히 살아 움직이고 있는 것이다.

영의 세계라 하면 우리들의 일상 생활과 관계가 없는 것처럼 여겨지지만 사실은 이와 같이 여러 가지 측면에 실존하고 있다. 그리고 살아 있는 사람과 죽은 자의 영혼은 서로 무관한 것이 아니다. 우리들 마음 속에서 스스로 허공을 헤매고 있는 영혼들을 만나기 원하거나, 결코 원하지 않았다고 해도 자신의 몸에서 발산하는 파장과 원혼들의 파장이 맞아떨어지면 그것을 기화로 살아 있는 사람에게 나타남으로써 서로 상통하게 된다.

모든 것을 악하게 사념함으로써 생기는 미움, 증오, 시기, 질투 등의 감정이 시간이 흐르거나 주위 상황이 변하여도 풀리지 않고 화해하지 못하고 있을 때 그 어두운 마음은 몸의 어딘가에 그늘을 만든다. 그것이 한이 되어 파장은 만들어지는 것이다. 그렇게 생성된 파장은 자기가 의식하든 의식하지 못하든 간에 몸 밖으로 내보내지게 된다. 이렇게 되면 우리 주위의 허공에서 제대로 천도되지 못한 채 떠돌고 있던 영혼들이 자기의 파장과 맞는 전파를 타고 살아 있는 사람의 몸 속으로 들어와서 기생하게 된다. 한 집에 두 살림을 차린 격이다.

한 몸에 또다른 타인의 영혼이 같이 살게 되면 한 사람의 에너지를 같이 나누어 쓰므로 왠지 모르게 피곤해지게 마련이다. 무슨 일이 잘 되지 않으면 때에 따라 몸은 더욱 더 나빠져 병이 되기도 한다. 기간이 지나면서 기생하는 영혼은 더 생기를 얻게 되고 그런 영혼을 데리고 있는 사람의 얼굴은 무엇인지 전과 다른 느낌을 주는 얼굴로 바뀌게 된다. 그의 눈을 쳐다보면 잘 아는 사이일지라도 괜히 섬뜩한 느낌을 갖게 될 것이다. 말과 행동 또한 점점 거칠고 포악하게 되어 아주 이기적이고 배타적인 성격의 인간으로 변해 버리고 만다.

병들어 제 명에 못 간 영혼들이 우리가 스스로 지어 만든 악한 상념의 덩어리 속으로 기생해 들어오면 그 사람은 갑작스러운 병고를 겪게 되는데 이런 경우는 일반 의학상

식으로는 도저히 이해할 수 없는 급한 병의 증상을 나타낼 수도 있다. 그런 사람은 종합병원의 최고로 발달된 의료팀이 검진을 해도 병명을 알아내지 못하는 가운데 앓게 되고 사경에까지 도달할 수가 있다.

이러한 사람들은 꿈 속에서 낯선 사람이나 어린애들을 자주 보기도 하고 죽은 가까운 친척들이 나타나기도 하며 더러는 자기 병의 증상이 이들 죽은 사람이 앓았던 병과 일치하기도 한다.

어떤 때에는 아무리 몸을 편히 쉬어도 피로가 풀리지 않고 맥이 없으며, 금방 드러눕고만 싶은 심정이 되는 것이다. 이들의 얼굴빛은 그늘에 서 있는 것과 같이 어둡기도 하고 까칠까칠하기도 하며, 손바닥 빛은 붉게 마련이고, 자기도 모를 하품이 자주 나오기도 한다. 병원에 가서 이 검사 저 검사 다 해 보아도 병 증상에 시달리는 본인의 고통과는 달리 아무런 이상이 없다며 신경성이니 너무 신경을 쓰지 말라는 소릴 듣기 일쑤이다.

또 두 어깨가 항상 무겁고 무엇인가가 항상 내리누르는 것 같기도 하며, 손발이 유난히 차고 아픈 곳이 이리저리 이동하며, 낮에는 멀쩡하다가도 해질 무렵에서 밤중이 되면 아파 잠을 못 이루고 시달리기도 한다. 또 어떤 날은 까닭 모르게 짜증스럽고 매사가 귀찮아지며, 집안에 근심사가 있으면 무엇인지 모르게 정도에 지나치게 비감해지는 등의 여러 가지 현상을 나타낸다.

이러한 사람들은 우선 자기 마음 속에 가지고 있는 현재의 자기 인생에 대하여 깊은 고찰을 해 볼 필요가 있다. 그리고 만약에 이러한 증상이 나타나면 더욱더 삼보께 귀의하여 밝은 마음을 가지고 매사를 긍정적으로 생각하도록 노력하며 남의 것을 빼앗으려고 하지 말고 베풀기 위한 노력을 해야 한다. 이미 본인의 의지가 약하여 되돌릴 수 없다면 부처님의 위신력을 빌리는 것이 마땅하다.

천도를 행하면 남의 몸을 빌어 기생하고 있는 영혼을 깨우쳐 제 갈 길로 바로 인도해 줄 수가 있다. 그 공덕은 원혼이나 고통을 받고 있는 당자에게 일거양득의 효험을 가져다 준다.

때로는 우리가 까닭없이 해친 동물의 혼이 파장을 맞추어서 밀착되어 해를 미치기도 한다. 이러한 사람들은 무슨 일이든 점점 더 꼬이기만 하지 되는 일이 없어 나는 왜 이다지도 재수가 없느냐고 한탄하게 되는데, 이런 경우 그 동물의 원혼이 자기 몸에 들어와서 기생하고 있는 사람일 가능성이 있다.

엎친 데 덮친 격으로 일도 안 되는데 우환이 끊이질 않으며, 본의 아닌 실수로 큰 망신을 당하거나 가까운 사람을 원수로 만들었거나 패가망신하여 후회하여도 어쩔 수 없는 상태가 된 사람, 남들이 보기에 무언가 얼빠진 사람처럼 보이는 사람 등은 자기 몸에 다른 혼이 기생하고 있다는 의심을 한번 해 볼 필요가 있을 것이다.

이러한 경우에 빠진 사람들은 우선 모든 것을 반성하는 태도로 차근차근 생각해 보고 남을 전혀 의식하지 않고 오직 자기만 잘살겠다는 이기적인 마음을 가지고 있었다는 것을 발견하면 그것을 버리고 모든 것에 순리적으로 순응하도록 노력할 것이며, 지극정성으로 삼보에 귀의하여 기도 정진해야 한다. 꺼져가는 자기 영혼의 불을 밝게 밝히어 어둡고 칙칙한 마음에 밀착된 원혼을 일시에 소멸시켜야 한다.

때로는 이렇게 해야 한다는 것을 알고 있어도 자기 스스로는 어쩔 수 없는 경우에 놓이게 되는 사람도 있다. 그럴 때는 주위의 사람 중에 누군가가 천도의 길을 베풀어 부처님의 위신력으로 원령들을 천도시켜 주어야 한다.

선령과 주파수를 맞춰라

    평소 신앙을 부정하고 믿음이 없는 사람은 죽으면 만사 그만이라고 생각한다. 그러나 막상 자기가 죽어 보면 그렇지 않다는 것을 알게 될 것이다. 요컨대 사람이 죽는다는 것은 육신이 소멸한 것을 의미할 뿐이다. 영혼은 육신의 생명이 다한 뒤에도 영원히 존재한다.

    육신에서 분리된 영혼이 천도받지 못하면 죽었어도 명부로 떠나가지 못하고 저승과 이승 사이의 허공을 떠돌게 된다고 한다. 그렇게 떠도는 혼령 중에는 이승에 대한 미련을 떨쳐 버리지 못한 영혼도 있고, 여전히 미혹에서 헤어나지 못하고 있는 악령이 대부분이다.

    특히 이 세상에 있을 때 누구에겐가 원한을 지니고 있다가 죽었다거나, 또는 까닭 없이 산 목숨을 죽였거나, 내 몸 좋으라고 남의 목숨을 살생한 일이 있는 혼령 따위들은 예외 없이 구원을 받지 못하고 구천을 떠돌 수밖에 없다.

떠도는 혼령들은 간혹 생전의 가까운 친지들에게 나타나는 수가 있다. 이때 상대에게 전혀 해를 끼치고자 하는 뜻이 없다고 해도 이승과 저승의 파장이 서로 역교류되기 때문에 결과적으로는 해를 입히는 악령이 되는 것이다.

가령 그런 혼령들은 육신이 이미 없어져 생전에 불구였던 사람이라도 정상으로 돌아왔을 뿐만 아니라 자기 마음 내키는 대로 시간과 공간에 구애받음이 없이 자유로이 오갈 수 있음에도 여전히 자기가 불구라는 생각에서 벗어나지 못하는 수가 있다.

그래서 이승에서의 습관이나 관념을 초월하지 못하고 다리가 불구였던 사람은 죽었어도 자기 다리가 불편하다는 생각을 하고 눈이 불구였던 사람은 혼령이 되었는데도 눈이 보이지 않는다고 여겨 이승 사람들의 몸으로 들어가서 기생하는 것으로 완전해지고자 하는 것이다. 혹은 그런 식으로 자신의 원심을 표출시키는 것이다.

이렇게 되면 살아 있는 사람은 몸은 하나지만 두 생명을 거느린 격이 된다. 한 영혼이 아니라 두 영혼을 거느려야 하니 어찌 힘이 들지 않겠는가. 힘이 드는 정도에서 그치는 것이 아니라 갑자기 몸이 아프게 되고 나쁜 일이 생기는 것이다.

옛날 사람들은 영혼의 존재에 대하여 의심조차 하지 않고 인정했었다. 그리하여 육친이나 가까운 사람이 죽게 되면 정성을 다한 절차를 통하여 애도하고 장례를 모신 다음 극진히 제사를 지냈었다. 그러나 요즈음 사람들에게서는 그런 극진함을 찾아보기 힘들어졌다. 장례를 모심에 있어서도 형식적인 태도를 취하며 제사를 지내지 않는 사람들이 늘어가고 있고, 제사를 지낸다고 해도 산 사람을 위한 제사인지 죽은 사람을 위한 제사인지 알 수 없을 정도로 의례적이다.

젯상에 올릴 음식을 정성들여 만드는 며느리를 찾아보기가 힘들어졌고, 바쁘다는 핑계로 제사를 지내는 시간도 적당히 무시한다. 음식을 진설하는 예법도 지키지 않는다. 대강대강 음식을 젯상에 올려놓고 초혼(招魂)도 하지 않은 채 절만 몇 번 꾸벅이는 식이다. 그러면 끝이다.

이러니 혼령의 입장에서 보면 돌보아 주는 이 없는 고아 신세와 다름이 없는 셈이다. 천도를 받지도 못하고, 누구 하나 정성을 다해 돌보아 주는 사람이 없으니 그저 거렁뱅이처럼 허공만 떠돌아야 한다. 게다가 1년에 한 번씩 받아먹는 제사마저 이처럼 부실하니 어찌 서럽지 않을 수 있겠는가.

그러니 나쁜 병으로 고생하다 죽은 영혼들이나 이생에

서 고생만 하다 죽은 영혼, 또는 너무 빨리 떠나와 애달픈 영혼, 이생에 남겨 둔 금은보화에 아직도 미련이 남아 있는 영혼, 또는 죽어 저승 가는 길을 잃고 한없이 방황하고 있는 모든 천도받지 못한 영혼들은 가까운 친지 곁을 뱅뱅 돌고 있다가 그들의 육신 속으로 들어가서 병을 안겨 주거나 해를 끼치는 악령이 될 수밖에 없는 것이다.

혼령들은 생전에 인연이 있는 사람에게만 나타나는 것이 아니다. 때에 따라서는 아무런 인연이 없던 사람에게도 같이 살자고 하는 수가 있다. 이를테면 생전에 악행을 저지르기를 좋아했던 영혼은 떠돌아다니다가 마음을 악하게 먹고 나쁜 일을 잘 저지르는 사람을 발견하게 되면 자기에게 꼭 맞는 사람이라고 여겨 그에게 기생하는 식이다. 그리하여 상대로 하여금 점점 더 악의 구렁텅이 속으로 빠져들게 만드는 것이다.

일이 자기 마음대로 잘 풀리지 않거나 기분이 나쁘다고 하여 술을 마시는 것으로 잊으려고 하는 사람에게는 술이 빌미가 되어 죽은 영혼이 들어가서 같이 술을 실컷 마시자고 하는 수가 있다. 두 사람 몫의 술을 마시니 결국 그런 사람은 술 때문에 파멸하지 않을 도리가 없을 것이다. 인사불성이 되는 것은 약과요, 툭하면 행패를 부리게 되고 행패 정도가 아니라 더 큰 죄를 짓게 될 테니 어찌 술 때문에 망하지 않을 수 있겠는가.

그러나 이승과 저승 사이를 떠돌고 있는 혼령 중에는 악령만 있는 것은 아니다. 이승에 대한 미련 때문에 저승길을 찾아 떠나지 못하고 있지만 그 중에는 선한 일을 하는 선령(善靈)도 있다. 악한 일을 하는 사람에게는 악령이 맞듯 선한 생각을 하고 선한 일을 잘하는 사람에게는 선령이 맞는다.

세상에는 자기만 잘난 줄 알고 혼자만 잘되면 남은 어떻게 되든 상관이 없다는 식으로 행동하는 사람도 많지만 올바른 생각을 가지고 살면서 남에게 배신을 당하여도 그를 원망하기 보다 자신이 잘못하여 이런 일이 발생했다는 식으로 반성하며 착하게 살고 있는 사람도 많다. 큰 절망이나 시련에 봉착해도 희망을 잃지 않고 최선을 다해 노력하는 사람에게는 그와 같이 밝은 마음으로 생활하다가 죽은 영혼들이 와서 도와주는 수가 있다. 일견 비색해 보였는데 어느 때부터인가 일이 잘 풀리기 시작하더니 대운이 터져 크게 성공을 하게 되는 사람은 선령이 도와 주어서 그렇게 된 것인지도 모른다.

깊은 신앙심을 가지고 생활하고 남을 위하여 헌신적으로 베풀며 살아가는 사람들에게는 또한 이와 파장이 맞는 선령들이 들어오게 된다. 그리하여 항상 베풀며 살아갈 수 있는 부귀와 권력, 명예를 갖도록 인도해 주기도 한다. 또한 비록 한때의 잘못된 생활로 인하여 죄를 많이 저질렀다고 하여도 삼보의 은혜에 감사하고 참회하면 더 이상 잘못된 삶을 영위하지 않도록 선령들이 평소 돌보아 준다.

사업이 망했거나 부부간에 싸움이 잦고 아픈 사람의 집을 방문해 보면 그 집안 분위기가 왠지 모르게 음산하고 냉한 기운이 감돌고 있는 것을 느끼게 될 것이다. 반면 모든 일이 여일한 집안의 분위기는 따스하고 온화함이 깃들어 있는 것을 발견하게 될 것이다.

라디오는 주파수를 맞추는 데 따라 원하는 방송이 흘러나온다. 같은 이치로 망해가는 사람의 초조함과 후회스러움이나 남을 원망하는 불평불만의 파장은 악한 악령에게 맞아 악한 악령을 불러들이기 때문에 집안 분위기가 냉랭하고 음산하며, 밝은 마음으로 살아가는 사람들이 모여 사는 집의 밝은 분위기는 선령과 주파수가 맞아 선령들이 찾아오기 때문에 집안의 분위기가 밝으며 따스함과 온화함이 깃드는 것인지도 모른다.

불행한 일이 거듭될 때 이런 탄식을 하는 사람이 있을지도 모른다.

"나는 지금까지 악한 짓을 하지 않았고 열심히 일했으며 성실하게 살았다. 그런데도 어째서 나에게는 불행한 일만 생긴단 말인가."

  그렇다면 이는 지난 전세(前世)에서 지었던 업보가 완전
히 소멸하지 않았기 때문일 것이다. 그런 사람은 할 수 있
는 한 남들을 도와 주고 베풀기 위해 최선을 다하기 바란
다. 적선지가에 필유경사라고 하지 않았는가. 보시를 많이
하고 선행을 쌓고 지성으로 삼보를 공양하며 지극한 마음
으로 정성을 다하다 보면 그런 그의 마음이 선령이나 호법
선신이나 부처님에게 통해져서 마침내 좋은 일이 생기게
될 것이다. 설령 이생에서 경사스러운 일이 생기지 않는다
고 해도 남아 있던 악업만은 완전히 소멸시켜 내생을 기약
할 수 있게 될 것이다.

선업을 닦아야

평소에 악한 행동을 많이 한 영혼은 그 빛깔이 검은 양처럼 흑색의 빛깔을 지니고 있다. 그러나 평소 남을 위해 선업을 많이 닦은 사람의 영혼은 흰빛처럼 밝고도 청명한 색깔을 띠고 있다고 한다.

그리고 평소 악업을 많이 지은 영혼은 아래쪽만 볼 수 있으며, 마치 복면을 하고 다니는 것처럼 모든 것을 올바로 보지 못한다. 이와 같은 영혼은 지옥에 태어나기 위하여 스스로 어둡고 추운 지옥을 찾아 헤매게 되는 것이다.

그와 반대로 평소에 선업을 닦은 사람은 위쪽만 보고 다니기 때문에 스스로 천상에 태어난다. 영혼이 다시 태어나는 기간은 빠르면 7일 늦어도 49일이기 때문에 49재(齋)를 지내 주는 것이다.

만약 그 기간 내에 환생하지 못한 영혼은 잡귀가 되어

아귀도를 이리저리 떠돌아다닌다고 한다.

《정법염처경(正法念處經)》에 의하면 사람이 죽을 때 나타나는 색상에 의해 내세에 태어나는 곳을 알 수 있다고 하였다.

천상에 다시 태어날 사람은 화려하고 즐거운 모습을 볼 수가 있으며 그 상황들은 흰색으로 된 고운 모직과 같아 보인다. 이것은 매우 미세하고 유연하며 청정한 것으로 이것을 보면 죽은 이는 환희심이 나며 얼굴에도 기쁘고 화평한 모습을 보여 주고 아름다운 산천 초목과 연못, 그리고 아름다운 노랫소리를 들으며 천상계에 올라가게 된다.

신라 고승 둔륜법사(遁倫法師)의 《유가혼기》에 의하면, 착한 일을 많이 한 사람은 죽을 때 하체로부터 점점 냉하여져서 머리에 이르렀을 때 죽게 되며, 악한 일을 많이 한 사람은 머리가 먼저 냉해져서 복부에 이르렀을 때 곧 죽게 되거나 무릎 또는 발끝에 이르렀을 때 죽게 되는데 이런 사람은 악도에 태어나게 된다고 하였다. 축생계에 태어날 사람은 머리부터 냉하여져서 무릎에 이르렀을 때 죽는 사람이며, 지옥에 태어날 사람은 역시 머리에서부터 식어 가서 다리까지 냉해졌을 때에 죽게 된다고 한다.

어떤 사람은 죽는 순간 평소에 익혔던 선법(善法)을 생각하게 되며 또한 이타적(利他的)인 선업으로 다른 사람에게도 이를 생각케 하는 정신이 떠오르게 된다.

이때의 선심이란 부처님을 신앙했던 일과 탐욕과 미움과 어리석음을 버리고 근면 정진하고 다른 사람에게도 자비를 베풀었던 일이라고 한다. 이와 같은 사람은 심한 고통이나 핍박을 받지 않고 안락하게 죽는 선심사(善心死)를 한다.

반대로 어떤 사람은 죽는 순간에 평소에 저질렀던 악한 생각이 떠오르며 특히 신앙이 없었던 사람은 탐·진·치 등 악한 마음을 가졌던 모든 것이 한꺼번에 떠오른다고 한다. 따라서 고통과 핍박을 많이 받으며 고뇌에 차서 악심사(惡心死)하게 된다.

따라서 사람에 따라 선심사를 하면 괴로워하는 형상을 보이지 않고 깨끗한 모습으로 죽어 천상에 태어나며, 악심사를 하면 괴로워하고 몸부림치는 형상을 보이며 죽어 지옥에 태어나게 되는 것이다.

극악한 악업을 범한 사람은 무섭고 기괴한 변객을 보기 때문에 땀을 흘리고 수족을 요란하게 떨며 대소변을 분출하고 허공을 향하여 무엇인가 잡으려고 허우적거리며 눈이 뒤집히고 입에서는 거품을 뿜는 등 괴로움이 극에 달하여 죽게 되는 것이다. 그러나 가벼운 악을 범한 사람은 그보다는 덜 무섭고 기괴한 환상이 나타나므로 괴로움도 덜

할 것이다.

선업을 많이 닦은 사람은 평소의 수행력에 의하여 죽을
때는 고요하고 그다지 심한 고통을 받지 않는다. 이것은
아름다움, 환희에 찬 즐거운 환상과 환경이 나타나기 때문
이며 스스로 즐거워하는 형상이 전개되기 때문이다.

따라서, 선업을 닦은 사람은 태연하고 근심 없이 즐거운
상태에서 이 세상을 하직하게 되며, 동시에 미래의 과보로
자신의 뜻에 맞는 바람직한 환희의 세계에 태어나게 된다.

흰빛 밝은 마음으로 죽음을 맞이할 수 있도록 하여야 할
것이다.